das neue buch

Gesamtwerk in Einzelausgaben
herausgegeben von Joachim Sartorius

Malcolm Lowry
Die letzte Adresse und Erzählungen aus dem Nachlaß

Mit einem Vorwort von
Conrad Knickerbocker

Deutsch von Susanna Rademacher
und Joachim Sartorius

das neue buch
rowohlt

«Die letzte Adresse» nach der bei Jonathan Cape, London,
erschienenen Originalausgabe «Lunar Caustic»
und das Vorwort von Conrad Knickerbocker
aus dem Englischen übersetzt von Susanna Rademacher,
durchgesehen von Joachim Sartorius
Die Erzählungen aus dem Nachlaß nach der in der
New American Library erschienenen Ausgabe «Psalms and Songs.
Edited by Margerie Bonner»
aus dem Englischen übersetzt von Joachim Sartorius

Deutsche Erstausgabe
Veröffentlicht im Rowohlt Taschenbuch Verlag GmbH,
Reinbek bei Hamburg, November 1986

Umschlagentwurf Christian Chruxin
Gesetzt aus der Garamond (Linotron 202)
Gesamtherstellung Clausen & Bosse, Leck
Printed in Germany
2000 ISBN 3 499 25179 5

Die letzte Adresse

Conrad Knickerbocker

Malcolm Lowry und der äußere Kreis der Hölle

Die in ‹*Lunar Caustic*› angeschlagenen Themen haben Malcolm Lowry nahezu durch sein ganzes Schriftstellerleben verfolgt wie launische Dämonen. 1934 nahm er als junger Mann, nach seiner eigentümlich düsteren Entdeckung von New York, die Erzählung zum erstenmal in Angriff. Die Stadt, schrieb er einmal an einen Freund, «ist günstig für kurze, wütende Ausbrüche, nicht aber für den langen, mühsamen Weg. Außerdem ist es bei all ihrer Dramatik, ihrer existentiellen Raserei – oder vielleicht gerade deswegen – eine Stadt, in der es bemerkenswert schwerfallen kann – oder wenigstens scheint es mir so –, auf die richtige Seite seiner Verzweiflung zu gelangen ...»

Lowrys Begegnung mit New York spielte sich fast durchweg in Form von Einbußen, Trennungen und dem Beginn langer Reisen ab. Er war schon 27 Jahre alt und ein erprobter alter Seefahrer (er hatte, bevor er in Cambridge studierte, auf einem Trampdampfer als Schiffsjunge die Welt umreist). Hinter ihm lagen sein erster Roman, ‹*Ultramarine*›, und eine gescheiterte Ehe. Er führte kaum mehr Gepäck mit sich als seinen horrend ausgebildeten Sinn für die «trunken kreisende Wahnsinnswelt», der in *‹Unter dem Vulkan›* seinen stärksten Ausdruck finden sollte.

Als er bei seiner Ankunft aus Frankreich von einem New Yorker Zollbeamten gefragt wurde, ob er etwas zu verzollen habe, antwortete er: «Ich weiß nicht. Sehen wir nach.» Sie machten seinen großen Koffer auf. Er enthielt einen Fußballstiefel und ein Exemplar von *‹Moby Dick›*. Während des nächsten Jahres lebte er von einem kleinen Einkommen, das sein Vater, ein gutsituierter Baumwollhändler, ihm zukommen ließ, in einer slumartigen Umgebung, sah kaum einen Menschen, trank und schrieb. Er hat sich immer darauf versteift, daß sein damaliger Aufenthalt im Bellevue Hospital freiwillig gewesen sei, eine «vorsätzliche Pilgerfahrt», um Material zu sammeln. Gegen Ende dieser Zeit vollendete er den ersten Entwurf einer Arbeit, die schließlich *‹Lunar Caustic›* werden sollte.

Anschließend ging er nach Hollywood und nahm das Manuskript dorthin mit. Während der nächsten 22 Jahre arbeitete er hin und wieder daran, erst in Cuernavaca, später in Britisch-Kolumbien und schließlich in England.

Lowry würde die vorliegende Version als eine Arbeit bezeichnet haben, die im Werden begriffen ist, obgleich zur Zeit seines plötzlichen Todes – er starb 1957 in dem Dörfchen Ripe in Sussex – zwei vollständige Manuskripte, ein teilweise fertiger dritter Entwurf und eine Menge Notizen vorhanden waren. Er war ein unermüdlicher Grübler, ein ewiger Um- und Neuschreiber, und sein Unbefriedigtsein von der eigenen Arbeit grenzte ans Pathologische. Mitte der dreißiger Jahre wurde ein früher Entwurf unter dem Titel *‹The Last Address›* von Whit Burnett für die Zeitschrift *Story* angenommen, aber Lowry zog sie zurück. Er erlaubte eine französische Übersetzung der ersten Fassung (sie erschien 1956 in *L'Esprit*), nur weil er, wie er erklärte, seine Manuskripte zu verlieren fürchtete, was ihm schon mehr als einmal passiert war. Obwohl der Autor zugab, die französische Fassung habe «einen Hauch von Vollendung», erklärte er, noch mindestens sechs Monate intensiver Arbeit daran wenden zu müssen, bevor er das Werk als druckreif anbieten könne.

Während seiner letzten Lebensjahre in England entschloß Lowry sich zu einem weiteren Entwurf von ‹*Lunar Caustic*›, diesmal als Novelle, um den Stoff in den Griff zu bekommen, bevor er ihn als Roman gestaltete. Zur Zeit seines Todes lag eine – nach der ihm eigenen Arbeitsmethode – Vereinigung und Mischung der beiden Entwürfe vor. Oft hatte er gleichzeitig fünf, zehn oder gar zwanzig Fassungen von einem Satz, Absatz oder Kapitel. Daraus wählte er das Beste aus, das er immer wieder mischte, härtete und überarbeitete, um schließlich zu dem außerordentlich dichten, vielschichtigen Stil zu kommen, der seine besten Schriften kennzeichnet.

‹*Lunar Caustic*› war als ein Hauptteil des siebenbändigen Romanzyklus ‹*The Voyage That Never Ends*› geplant, in dessen Mittelpunkt ‹*Unter dem Vulkan*› stehen sollte. Lowry sah den geplanten Zyklus als eine moderne ‹*Göttliche Komödie*›, an deren Ende Hölle und Erlösung standen. ‹*Lunar Caustic*› war, wie er sagte, nur das Purgatorium. Doch seine Figuren waren als «Karyatiden der menschlichen Angst» konzipiert, welche die Welt von unten her stützen, und für den Protagonisten William Plantagenet ist das Geräusch der Hospitaltür, die sich «mit zitterigem Knarren» hinter ihm schließt, wahrhaftig ein Laut der Verdammnis, ebenso unermeßlich und schrecklich wie die Stadt selbst.

Die letzte Adresse

I

Ein Mann tritt am frühen Morgen aus einer Kneipe am Dock; den Geruch der See in der Nase und eine Flasche Whisky in der Tasche gleitet er über das Kopfsteinpflaster, leicht wie ein Schiff, das den Hafen verläßt.

Bald gerät er in einen Sturm, und vor dem Wind lavierend, versucht er verzweifelt zurückzukehren. Jetzt wäre ihm jeder Hafen recht.

Er geht in die nächste Schenke.

Mit List wieder flott gemacht, kommt er heraus; doch bald ist er wieder in Schwierigkeiten. Diesmal ist es ernst: er wird um ein Haar von einer Straßenbahn überfahren, er stößt sich den Kopf an einer Mauer, einmal fällt er über eine Mülltonne, in die er eine Flasche geworfen hat. Vorübergehende starren ihn neugierig an, manche empört, andere belustigt oder sogar mit seltsamer Gier.

Diesmal flüchtet er in eine Gasse, wo er sich mutlos an die Wand lehnt, als versuche er sich an etwas zu erinnern.

Wieder beginnt die Pilgerschaft, aber so sprunghaft ist sein Kurs, daß er eher etwas zu suchen als sich an etwas erinnern zu wollen scheint. Oder vielleicht sucht er einfach wie die arme Katze, die im Kampf ein Auge verloren hat, nach dem Augenlicht?

Vom Pflaster steigt die Hitze auf, eine gewaltige Macht, New York stöhnt und dröhnt von allen Seiten auf ihn ein: weiße Vögel blitzen in der flirrenden Luft, eine Brücke überschreitet den Strom. Plakate nicken ihm im Vorübergehen zu: *Das Beste für weniger, Romeo und Julia, die größte Liebesgeschichte der Welt, Gedeck frei rund um die Uhr. Bei drohendem oder akutem Schmerz ...*

Er betritt wieder eine Kneipe, wo er bald von Leuten spricht, die er nie gekannt, von Orten, an denen er nie gewesen ist. Durch die offene Tür gewahrt er das Hospital, das über den Fluß aufragt. Neben ihm krümmen sich hochmütige, bärtige Wracks über Spucknäpfe, und vor diesen Männern scheint er sich zu fürchten. Schweiß strömt über sein Gesicht. Aus den Tiefen der Taverne hört man ein Stöhnen und ein Ticken.

Draußen beginnt die Pilgerfahrt von neuem; er wandert von Kneipe zu Kneipe, als suche er etwas, behält aber stets das Hospital im Blick, als wären die Kneipen lediglich Stationen auf dem Kreis, den er zieht. In einer Uferstraße, wo eine Glocke scheppert, bleibt er stehen; eine gräßliche alte Frau, deren schwarzer Schleier das verwüstete Gesicht nur zum Teil verhüllt, versucht einen Brief einzuwerfen, versucht es immer wieder erfolglos, bis sie ihn schließlich doch einwirft mit zitternden Händen, die gar nicht wie Hände aussehen.

Ihm kommt ein befremdlicher Gedanke: der Brief ist für ihn. Er nimmt einen Schluck aus seiner Flasche.

In der Hochbahn weht ein himmlischer Wind, und dort hat man Aussicht auf den Fluß, doch geht er so, als steige er über Hindernisse oder schwanke wie Ahab auf der krängenden Brücke «mit dem Gefühl, daß sein Blick Ozeane umspannte, in denen sein gespenstischer Zerstörer sich zeigen könnte».

Unten auf der Straße ist die Hitze fürchterlich. Schlagzeilen der Boulevardblätter: *Hitzewelle: Tausende brechen zusammen. Hunderte von Todesfällen. Roosevelt beschuldigt Kriegshetzer. Bürgerkrieg in Spanien.*

Einmal hält er in einer Kirche, und seine Lippen bewegen sich wie im Gebet. Drinnen ist es kühl; rundum an den Wänden sind Bilder der Kreuzstationen. Niemand scheint ihn zu beachten. In Kirchen trinkt er besonders gern.

Dann aber gelangt er an einen Ort, der nicht das geringste mit einer Kirche gemein hat.

Es ist das Hospital; den ganzen Tag hat er es umkreist; jetzt ragt es vor ihm auf so nah wie noch nie. Er ist am Ziel. Er legt die Flasche schräg an den Mund und nimmt einen letzten langen Zug: Tropfen rinnen ihm den Hals hinunter, mischen sich mit seinem Schweiß.

«Ich will das Lied der Neger hören», grölt er, *«Veut-on que je disparaisse, que je plonge, à la recherche de l'anneau* ... Ich bin gesandt, meinen Vater zu retten, meinen Sohn zu finden, den ewigen Schrecken der Drei zu heilen, den unheilbaren Schrecken der Gegensätze zu lösen!»

Mit dem zittrigen Knarren eines auf Fels auflaufenden Schiffes schließt sich das Tor hinter ihm.

II

Wenn man von den Hochhäusern der 30. Straße zwischen 4. und 5. Avenue auf New York hinabblickt, käme man nie auf den Gedanken, daß da unten am East River Gras wächst.

Aber zwischen der Beobachtungsstation der Psychiatrischen Klinik und dem Wasser, auf einem kleinen Grundstück links vom E-Werk – das selbst vom Stadtzentrum aus zu erkennen ist, weil seine Ladebäume nicht in einer Linie stehen und dem Hospital sich zuneigen –, konnte man es sehr wohl wachsen sehen.

Am Rande dieses Rasens lag ein zerbrochener Kohlenkahn und dahinter ein von zwei Kais eingeschlossener kleiner Hafen. Auf dem Kai zur Rechten stand das E-Werk und davor ein Schuppen, den die Ärzte als Garage benutzten und neben dem häufig ein grüner Ambulanzwagen geparkt war.

Der linke Kai wies zwar eine außerordentliche, verwirrende Fülle von Windsäcken, Nebelhörnern und Ventilatoren auf, deren Zweck nicht zu ergründen war, hatte aber dennoch etwas Freundlicheres, Schlichteres, von Ferienstimmung und Strandleben an sich. Hier waren weiße und blaue Motorboote verankert, die *Empty Pockets III*, *Dunwoiken* oder *Lovebird* hießen – Boote, die zärtliche Geschichten von jungen Mädchen im Sommer zu erzählen schienen, während sie einander in die Rippen stießen und unaufhörlich an der selbstmörderischen Schwärze des Stromes nagten.

Das einzige Boot, das an dem Kai mit dem Kraftwerk festmachte, war die Fähre *Tekanas*. Jemand sagte, daß sie zum Eispalast in Rockaway führe.

Aber zwischen den beiden Kais, festgefahren auf dem ärmlichen Gras vor dem Hospital, lag der Kohlenkahn, eingesunken, verlassen, Wind und Wetter preisgegeben, mit geborstenem Rumpf, wasserumspülten Klampen, zertrümmertem Ruderblatt, den Laderaum immer noch voller Kohlenstaub und Schlick und Erde, durch die smaragdgrüne Schößlinge gesprossen waren.

Abends starrten die Patienten hinaus über den Fluß auf die

Jack-Frost-Zuckerfabrik, und wenn dort ein Schiff seine Ladung löschte, dann war ihnen, als könnte es eine besondere Nachricht für sie haben, die ihnen Erlösung brachte. Aber niemand kam je ...

Zuweilen an nebligen Tagen verschmolzen Fluß und Himmel zu einer weißen Stille, durch die langsam kleine Masten und gedrungene, schiefe Türme zu schweben schienen. Ein schmieriges Gaswerk hockte wie sprungbereit hinter der schiefen, verqualmten Geometrie von Kränen und winkligen Kirchtürmen, und Fabrikschlote winkten mit ihren ewigen Rauchtaschentüchern.

Ade, ade Leben!

Oft genug, wenn ein Schiff vorüberkam, entstand eine merkwürdige Massenbewegung zu den vergitterten Fenstern hin, ein Wogen, das in der Brust der wahnsinnigen Seeleute und Schiffsheizer seinen Ursprung hatte, zu dem aber alle beitrugen: auch jene, die tagelang den Kopf hatten hängen lassen, richteten sich bei dieser Unruhe auf; ihre Körper bebten, als hätte man sie plötzlich aus einem Alptraum oder vom Tod erweckt, und von ihren Lippen barst ein Ton, halb Jubelruf, halb gellende Klage, wie ein Aufschrei des gefangenen Geistes von New York, dieses Geistes, der den Abgrund zwischen Europa und Amerika heimsucht und zukunftsträchtig über dem Atlantik brütet. Mit seltsamen, hungrig flehenden Augen sahen sie das Schiff vorüberfahren.

Öfter jedoch, wenn ein Schiff vorbeikam oder aus den gegenüberliegenden Docks rückwärts auslief und beidrehte, um aufs offene Meer hinauszudampfen, verbreitete sich im Krankensaal eine Totenstille und eine seltsame Vorahnung, als segelte alle Hoffnung mit dem Strom davon.

III

Der Mann, der sich jetzt Bill Plantagenet nannte, anfangs aber verkündet hatte, er sei die *S. S. Lawhill*, erwachte zumindest mit der Gewißheit, sich auf einem Schiff zu befinden. Woher sonst kam in gewissen Abständen dieses klirrende Geräusch, dieser Klang von Eisen auf Eisen? Er erkannte das Knirschen des Wassers, das die Luke überspült, das schwere Getrampel der Füße oben an Deck, das stetige *Frère Jacques – Frère Jacques* der Maschinen. Er war auf einem Schiff, das ihn zurück nach England brachte, von wo er von vornherein nie hätte fortgehen sollen. Nun wurde er sich seines gemarterten, zitternden, übelriechenden Körpers bewußt. Das Tageslicht schleuderte quälende Sonden gegen seine Augenlider. Als er sie aufschlug, sah er drei kräftige Negermatrosen das Deck scheuern. Er schloß die Augen wieder. Unmöglich, dachte er.

Und wenn er sich auf einem Schiff, und vermutlich deshalb im Vorschiff, befand, mußte der Gang, an dessen Ende seine Koje war, sich über die ganze Länge des Vorschiffs erstrekken. Er dachte über diesen Wahnsinn nach – dann wurde das Pochen in seinen Ohren so laut, daß er sich fragte, ob er nicht in der Schraubenwelle lag.

Im Laufe des Tages wurde der Lärm immer schauriger: es war, als führe ein Eisenbahnzug genau über die Zimmerdecke weg. Es kam die nächste Nacht. Der Lärm wurde schlimmer, und – was noch sonderbarer war – es wurden immer mehr an Bord. Mehr und mehr angeschlagene, verletzte und stets betrunkene Männer wurden von den Maaten den Gang entlanggejagt und lagen dann schreiend, das Gesicht ins Kissen gedrückt, oder vom Schlaf überwältigt in ihren harten Kojen.

Er war wach. Was hatte er gestern nacht gemacht? Klavier gespielt? War das gestern nacht gewesen? Gar nichts vielleicht, und doch zerriß Reue seine Eingeweide. Er brauchte dringend etwas zu trinken. Er wußte nicht, ob seine Augen offen oder geschlossen waren. Grauenhafte Gestalten tauchten aus der Leere auf, rieben plappernd ihre Bartstoppeln an seinem Gesicht, aber er konnte sich nicht rühren. Auch unter seinem Bett war etwas, ein Bär, der immerfort aufzustehen versuchte. Stimmen, eine Prosopopöe von Stimmen, murmelten ihm ins Ohr, verebbten, murmelten wieder, schnatterten, kreischten, schmeichelten; Stimmen, die ihn anflehten, mit dem Trinken aufzuhören, zugrunde zu gehen und zur Hölle zu fahren. Ein Haufen furchtbarer Schatten drängte heran, wurde weggerissen. Ein Wasserfall stürzte durch die Wand, füllte den Raum. Eine rote Hand gestikulierte, hieb auf ihn ein; über einen verwüsteten Gebirgshang führte ein Sturzbach beinlose Körper, sie schrien gellend aus großen Augenhöhlen, in denen abgebrochene Zähne steckten. Musik schwoll zu einem Kreischen an und verklang. Auf einem zerwühlten, blutbefleckten Bett in einem Haus, dessen Fassade weggesprengt worden war, vergewaltigte ein riesiger Skorpion feierlich eine einarmige Negerin. Seine Frau erschien, das Gesicht von Tränen des Mitleids überströmt, nur um sich alsbald in Richard III. zu verwandeln, der auf ihn zusprang, um ihn zu ersticken.

Nach einer Weile merkte er, daß zwei Leute ihn freundlich ansahen: ein kleiner alter Mann und ein Junge. Der Junge mochte etwa zehn Jahre alt sein, er hatte ein hübsches, intelligentes Gesicht und in die Stirn gebürstetes blondes Haar. Er erinnerte den Mann vage an ein Porträt des etwa zwölfjährigen Rimbaud.

«Ich bin Garry», sagte der Junge. «Mein Vater macht Figuren aus Terrakotta ... Einmal ist ein Rohr geplatzt, und die Terrakotta ist geborsten und geplatzt. Sie ist ins Wasser gefallen und bis ans Ufer geschwommen. Sie war verdammt.»

«Mein Name ist Kalowsky», sagte der alte Mann. «Doch Sie gehören nicht hierher. Es ist ein schrecklicher Ort.» Schweißtropfen säumten die Stirn des Alten.

«Aber es wird dir bald besser gehen, es geht dir schon besser», fuhr Garry fort. «Ich werd dir Geschichten erzählen, dann geht's dir besser. Weißt du, es ist komisch, es ist wie ein Wunder, aber wo ich auch bin, oben in der Luft oder unter Wasser oder in den Bergen, wo immer, kann ich eine Geschichte erzählen. Du kannst mich hinstecken, wo du willst, sogar ins Gefängnis. Ob ich sitze oder nicht sitze, esse oder nicht esse. Ich kann das alles in die Geschichte packen, das macht es ja zu einer Geschichte.»

«Sein Vater ist im Gefängnis», flüsterte Mr. Kalowsky, «aber hier ist es schlimmer als im Gefängnis. Ich habe sogar den Wärter sagen hören: ‹Gauner sind nicht die einzigen schlechten Menschen, hier drin sind sie schlimmer als Gauner.›» Er seufzte. «Ich habe hohen Blutdruck und hätte nie und nimmer hierhergebracht werden dürfen, ob ich normal oder verrückt bin. Ich könnte längst tot sein, verstehen Sie ...» Er klopfte ihm lächelnd auf die Schulter. «Aber es wird Ihnen bald besser gehen», setzte er hinzu.

Der Mann wollte antworten, aber die Worte kamen nicht.

«Du verstehst mich», sagte Garry, ihn bei der Hand nehmend. «Ich weiß das, ich spür's.»

Bill Plantagenet wußte jetzt, daß er in einer Art Hospital war, und diese Erkenntnis stellte sogleich den Zusammenhang und das richtige Verhältnis der Dinge her. Das Rauschen der über die Luke spülenden Wellen war die schreckliche Wasserspülung auf den Toiletten; das Eisengeklirr und die vielfältigen Geräusche, das Schlüsselrasseln erklärten sich von selbst; das wilde Klingeln galt den Ärzten oder Schwestern; und alles Rufen und Schlurfen, Knarren und Befehlen beinhaltete nicht mehr als den komplizierten Tagesablauf der Anstalt.

Das Pochen kam von dem E-Werk nebenan, die Sirenen vom East River. Und dieser Lärm jetzt, dieses Gebrüll wie von den verängstigten Löwen in ihrem Käfig, der, er erinnerte sich, bei einem Orkan im Golf von Bengalen auf dem Schiff nach vorn schlitterte – das war nur das Rücken einer eisernen Bettstelle.

Die das Deck scheuernden Matrosen waren, wie sich zeigte, tatsächlich Matrosen, die aus alter Gewohnheit sich des Ganges annahmen. Aber jetzt hatte schon lange niemand mehr gescheuert; es wurde Abend.

Ein Neger steppte, Grimassen schneidend, durch den Saal, und der Mann drehte sich zur Wand, um diesen Anblick aus seinen Gedanken zu verbannen.

«Das ist Mr. Battle», sagte Garry. «Er ist verrückt, aber man muß ihn einfach gern haben.»

Battle schien alles gleichzeitig zu tun – tanzen, singen, flüstern und sprechen ...

«Joe macht 'nen Billardsalon auf, so 1910,
Affe und Pavian schlichen rein auf Zehen,
Der Affe weiß den Dreh, doch ist der Pavian gerieben.
Der Affe haut den Pavian an: 'ne Kugel schieben?
Der olle Affe ...»

«Zurück aufs Zimmer, Battle!» rief ein Wärter, und Battle verschwand.

Wie spät mag es sein? überlegte Plantagenet. Und welcher *Tag*?

Mr. Kalowsky sah im Bett klein und melancholisch aus. «Wir können nur abwarten», sagte er, spitzte die Lippen und zog sie wieder ein. «So vieles kann im Laufe eines Lebens geschehen ... Ich bin zweiundachtzig Jahre alt, und mein Vater hat sein Geld verloren – das ist das eine. Und ich bin zu Fuß von Berlin nach Paris gegangen, das ist das andere.

Ich war ein kleiner Jud, und mein Vater kam zu Geld – in Memel, Litauen, war das. Von da zog er nach Königsberg und von da nach Berlin. In Berlin machte ich meine Lehre als Silberschmied. Dann bin ich herumgezogen.

Bin von Berlin nach Paris gegangen. Das erste Mal hatte eine reiche Dame mein Fahrgeld bezahlt, aber beim zweitenmal zogen die Deutschen in den Krieg – 1870. Wer nicht fließend Französisch sprach, war ein Preuße. Da bin ich denn über den Jura gelaufen ...»

Das Licht ging aus.

Battle kam auf leisen Sohlen im Dunkeln hereingesteppt; sein weißer Schlafanzug leuchtete, und seine weißen Zähne glänzten, während er flüsterte:

«Der olle Affe schiebt die Eins ins Eck, die Zwei auf die Seit',
Komm schon, Meister, schieß die Eins weg, weit!
Schon wieder ist der Affe dran, macht 8, 9 – 10 noch,
schießt den Ball von unten an, die Fünfzehn rollt ins Loch!

IV

Die schwüle Wahnsinnsnacht verkümmerte zu einem Fötus von Tag, der Tag zur Nacht: was er für Morgengrauen gehalten hatte, war Abenddämmerung. Jemand saß auf seinem Bett, die Hand an seinem Puls, und als er sich zwang, die

Augen zu öffnen, sah er ein schwankendes weißes Etwas, das erst zu drei und dann zu zwei Gestalten wurde und schließlich deutlich als ein Mann in weißem Kittel in den Brennpunkt rückte.

Der Mann – ein Arzt? – ließ Plantagenets Handgelenk fallen. «Sie haben zweifellos Schüttelfrost», sagte er.

«Schüttelfrost, ja.» Sein Körper zitterte derart, daß es ihm nach der ersten Überraschung die Sprache verschlug. «Was fehlt mir eigentlich?» Er versuchte sich auf den Ellbogen zu stützen, der aber wegsprang und ihn nicht hielt, so daß er stöhnend zurücksank, oder fiel er?

«Alkohol ... Und vielleicht noch anderes. Nach Ihren Bemerkungen in den letzten paar Tagen würde ich sagen, es ist ungefähr so schlimm, wie Sie vermuten.»

«Was hab ich denn gesagt?»

Ein dünnes Lächeln erschien auf dem Gesicht des Arztes. «Sie haben gesagt: ‹Hallo, Vater, Rückkehr zum Präsexuellen läßt das Bedürfnis, ernährt zu werden, wieder aufleben.› Klingt so, als hätten Sie mal ein kleines Buch darüber gelesen.»

«Herrgott! Jesus! Heiland!»

«Sie haben ganz hübsch aus der Schule geplaudert.» Der Arzt schüttelte den Kopf. «Aber kommen wir zur Sache. Wer ist Ruth? Und die Six Cantabs?»

«Bill Plantagenet und seine Seven Hot Cantabs», verbesserte er, dann fuhr er in nervöser Überstürzung fort: «In Cambridge ging's großartig, im May Balls oder im Footlights Club. Auch mit unseren ersten Platten hat's geklappt, wir haben das sehr ernst genommen. Aber als wir hier rüberkamen, ist die Gruppe einfach in die Brüche gegangen.» Er umklammerte den Arm des Arztes. «Anscheinend konnte ich die Jungens nicht zusammenhalten. Weiß der Teufel, ich weiß nicht genau, woran es lag. Natürlich hatten wir Schwierigkeiten mit den Gewerkschaften, der Einkommensteuer, dem Kopfgeld ...»

«Sie sind Brite, stimmt's?»

«Gott weiß, wo sie jetzt alle sind. Der Kontrabaß kämpft in Spanien, und die Saxophone ... und noch dazu ist alles meine verdammt unverantwortliche, idiotische Schuld.» Er ließ den Kopf sinken und vergrub ihn unter dem Kissen. «Gewissermaßen habe ich alles verloren, meinen Vertrag, meine Band, Ruth.» Er setzte sich schlotternd auf und sah den Arzt mit einem verstohlenen und dabei widerspenstigen Blick an. «Ich habe in Spelunken gespielt. Aber meine Hände, meine Hände, sehen Sie ...» Er streckte die zitternden Hände aus. «Sie sind nicht groß genug für einen richtigen Pianisten, ich kann nicht mehr als eine Oktave greifen. Auf der Gitarre muß ich immer mogeln.»

Der Arzt schüttelte den Kopf. «Sie haben doch Ruth nicht verlassen, weil Sie keine Oktave greifen können», sagte er. «Und wo ist Ruth? Ich nehme an, sie ist Ihre Frau.»

«Ich weiß nicht. Ist mir auch egal. Zum Teufel mit ihr! Sie hat mich nur als eine Art Souvenir aus Europa mitgebracht. Vielleicht war es Amerika, in das ich mich verliebt hatte. Sie kennen das, ihr hängt immer mal wieder gefühlsduselig England nach mit euerm Quatsch von dem wonnigen Shakespeare und so fort. Na ja, bei mir war es andersrum. Nur daß es sich um Eddie Lang und Joe Venuti handelte und den Tod von Bix ... Wollen wir nicht einen heben? Und dann wollte ich sehen, wo Melville gelebt hat. Sie können sich nicht vorstellen, wie enttäuscht ich war, als ich in New Bedford überhaupt keine Walfänger fand.»

Der Arzt stand auf und blickte auf ihn hinab. «Ich lasse Ihnen Paraldehyd mit einem Schuß Sodawasser bringen.

Vielleicht war es Ihr Herz, das Sie nicht eine Oktave greifen lassen konnte?»

«Bitte, gehen Sie nicht!» Er versuchte sich aufzusetzen und griff nach dem Arm des Arztes. «Ich muß Ihnen sagen ...»

«Versuchen Sie es hier für ein paar Tage, es wäre besser für Sie», sagte der Arzt nicht unfreundlich. Er machte seinen Arm los und wischte sich über die Stirn. «Es wird Ihnen jedenfalls nichts schaden. Wo haben Sie diese Muskeln her?»

«Muskeln», sagte Plantagenet mit klappernden Zähnen. «Ja. Vermutlich. Kommt vom Gewichtheben. Und einmal bin ich auf einem Frachter in den Orient gefahren, kam mit einer vollen Ladung Löwen zurück, eines Tages möchte ich Ihnen von den Löwen erzählen. Danach habe ich statt dessen Melville gelesen. Vor vier Jahren habe ich in Cambridge den Rekord im beidarmigen Drücken gehalten; tatsächlich, das einzige Gewicht, das ich nicht heben kann ...»

Er kam taumelnd auf die Füße, und das Hospital schlingerte unter ihm wie ein Schiff ... Noch heftig zitternd ging er zu den hohen, vergitterten Fenstern, die auf den East River hinausgingen. Heißer Dunst hing über der Uferstraße. Seine Knie schlugen aneinander. Er blickte hinab auf das feuchte Gras und den auseinandergebrochenen Kohlenkahn. Mittschiffs, wo der Rumpf geborsten war, ragte unschlüssig eine feuchte Eisenmasse empor. Er wandte den Blick ab – das Gewirr war zu einem Matrosen in glänzendem braunem Ölzeug geworden, der mit verrenkten Gliedern an Deck lag.

Von dem Stahlgerüst, welches das E-Werk abstützte, wurde an einem Flaschenzug eine Seilschlinge herabgelassen; er sah einen Mann erhängt daran baumeln; es war der Schlagzeuger seiner Band – aber die Vision verblaßte gleich wieder.

Er starrte auf den Strom hinaus, und seine Qual war wie ein großes, lidloses Auge.

Die Dunkelheit brach ein; der Dunst lichtete sich, und die Sterne kamen hervor. Über den zerbrochenen Horizont kroch der Skorpion. Da war die rote sterbende Sonne, Antares. Im Südosten erschien der Rückzug des Heulenden Hundes. Die Sterne, die ihre Plätze einnahmen, waren Wunden, die sich in sein Inneres öffneten, vielfache Verdoppelungen dieser Qual, dieses Auges. Die Sternbilder hätten im Delirium Gottes geschaffene Auswüchse sein können. Das ganze Weltall schien mit Unheil beschmiert. Ihm war, als lebte er in der Präexistenz einer unvorstellbaren Katastrophe, und er suchte einen Augenblick am Fensterbrett Halt, weil er die dem Untergang geweihte Erde selbst, in ihrem krampfhaft wogenden Flug zum Schmetterling des Herkules, taumeln fühlte.

«Jetzt bin ich grade fast genau, wartet mal, Leute, auf die Minute siebzehn und einen halben Tag hier.» Der steppende Battle war hinter ihm.

«Der Kerl redet mit den Füßen.»

«Jawoll, Sir», sagte Battle herumwirbelnd. «Das tu ich, Mann!»

«Er stammt aus Louisiana; er hat dem ollen Maschinisten die Zähne ausgeschlagen», sagte Garry neben ihm.

«Jezt hol ich mir den Jersey Blues», sagte Battle. «Ich hab schon fünfzehn Kunden.» Er hüpfte weiter.

Es war ihm bewußt, daß die Zeit verstrich, daß es ihm langsam «besser» ging. Die regelmäßig wiederkehrenden, schauderhaften Metamorphosen, die sein Geist auf fast alle Gegenstände projizierte, verloren – so schlimm sie auch sein mochten – nach und nach ihre gräßliche Intensität. Außerdem hatte er anfangs für lange Perioden vergessen, daß er das Hospital verlassen konnte, wann er wollte. Jetzt vergaß er das seltener. Er war nur ein Trinker, dachte er. Obgleich er eine Zeitlang so getan hatte, als wäre er es nicht, als wäre er ein Wahnsinniger mit der ganzen Würde des Wahnsinns. Der Mann, der sich für ein Schiff hielt. Und die Zeit verstrich; nur war sein Zeitgefühl merkwürdig aus den Fugen geraten. Er wußte nicht, ob er nun den fünften oder sechsten Tag im Zwielicht aus dem Fenster starrte, Garry und Mr. Kalowsky an seiner Seite wie alte treue Freunde. Das E-Werk war ihm nicht mehr fremd. Die Kais, die Motorboote, das ärmliche Gras hatte er jetzt in sich aufgenommen, zusammen mit dem alten Kohlenkahn, auf den Garry oft zurückkam.

«Er war verdammt», sagte er dann. «Eines Tages brach er zusammen und fiel in Stücke.»

Garry sah Bill verstört an und packte ihn beim Arm. «Die Häuser von Pompeji sind eingefallen!» Er flüsterte jetzt. «Man konnte ein Haus plötzlich einfallen, *zusammenbrechen* sehen; und geschmolzene Steine und heißer Schlamm strömten herab; die Leute liefen zum Schiff hinunter. Aber es war zusammengebrochen.» Er sah auf und setzte atemlos hinzu: «Goldene Ringe und Kästen mit Geld und fremdartige Tische, und sie haben den Abhang des großen Berges umgegraben.»

«Jawoll, Sir, Mann», tanzte Battle. «Is der Alte vom Berg. Zieht mit 'nem Pferd und 'ner Banjo herum. Wedelt mit dem Rockschoß, wenn du ihm begegnest ...» Singend tanzte er davon. «Die größte Schildkröt' sicherlich, is zweimal so groß wie du und ich.»

Kalowsky, der fortwährend die Lippen spitzte und wieder einzog wie ein sterbender Fisch, beobachtete stumm die Szene. Was war das für ein Film, den Plantagenet einmal gesehen hatte, wo der Hai, als er schon tot war, immer weiter lebende Fische verschlang?

Garry umklammerte wieder Bills Arm. «Paß auf. Was,

glaubst du, wird in ein paar Jahren von diesem Gebäude übrig sein? *Ich* werd's dir sagen. Die Backsteinhäuser wird man noch finden, aber es wird keine Betten mehr geben, nur ein verrostetes Gestell, und wenn man den Heizkörper anrührt, wird er zerfallen. Vom Klavier werden nur die Tasten übrig sein, der ganze Rest wird verfaulen. Und der Fußboden.» Garry unterbrach sich und dachte nach. «Und einer von uns hat drauf gesessen, da ist das ganze Ding runtergefallen, zusammengebrochen. Wir sind durch die Tür zur Feuerleiter hinausgegangen, und sie ist runtergefallen, sieben Stock tief ist sie hinuntergefallen.»

Aber alles ließ sich jetzt für ihn wirklich ein bißchen erträglicher an durch die Kameradschaft der beiden Freunde. Manchmal wiegte er sich sogar in der Vorstellung, daß eine Art gemeinsames Ziel sie verband. Das war nicht ganz unrichtig, denn wie neue Schüler in einer feindseligen Schule, wie Matrosen auf ihrer ersten langen Fahrt auf einem jämmerlichen Schiff, wie Soldaten in einem Gefangenenlager zog es sie zueinander in einer traurigen Welt, wo ihre Tagträume sich vermengten und verantwortungslos, aber mit eigentlicher, nicht reduzierbarer Logik um das Thema der Heimkehr kreisten und darin ihren Ausdruck fanden. Dennoch wurde «Zuhause» zwischen ihnen nie erwähnt, es sei denn sehr versteckt von Garry. Plantagenet ahnte mitunter die wahre Beschaffenheit dieses Wundertags, dem sie entgegensahen, an dem all ihre Sorgen ein Ende haben würden, aber das verriet er nicht. Inzwischen paradierte dieser Tag vor ihnen in den Farben wechselnder Morgenröten – ungeachtet dessen, was faktisch um seine Mittagsstunde geschehen würde.

Tatsächlich war er in einem Teil seines Bewußtseins fest davon überzeugt, daß Mr. Kalowsky und Garry mindestens so normal seien wie er; er glaubte auch, daß er den Arzt, wenn er ihn wiedersah, davon überzeugen könnte, daß hier eine Ungerechtigkeit vorläge, die sonst nie ans Licht gekommen wäre.

Aber als er versuchte, sich das Ausmaß ihrer Situation klarzumachen, schien sein Geist besinnungslos zwischen verschiedenen Extremen der Heuchelei hin und her zu flattern. Denn mit einem anderen Teil seines Geistes fühlte er eine eisige Furcht sich ausbreiten, die alle anderen Empfindungen verdunkelte, die Furcht, das, was sie sich alle wünschten, könnte für ihn allein kommen, bevor er dafür bereit war; diese Furcht war schlimmer als die Furcht, mit dem Trinken aufhören zu müssen, wenn das Geld zu Ende ging; sie war aus quälender Sehnsucht und Haß zusammengesetzt, aus bodenlosen Schuldgefühlen und einer paradoxen – weil vorzeitigen – Reue darüber, daß er das, wofür er jetzt keine Zeit hatte, letzten Endes nie versuchen würde: der Welt ehrlich ins Gesicht zu sehen; es war der Schatten einer Stadt der schrecklichen Nacht ohne Glanz, die düster auf seine Seele fiel; und wie tief er fiel, wann immer ein Schiff vorüberfuhr!

V

Pneumotorax-Füllungsstation 382 Elektrokardiographische Abt. 257 Operationssäle 217 Physiotherapie 320 Neuropatholog. Labor 204 für psychiatrische Abt. 0 wählen ...

Beschäftigungstherapie 338 ...

Der Raum war von nahezu unablässig brandendem Lärm erfüllt. Plantagenet hatte ihn anfangs nicht aushalten können, hatte sich aber schließlich angewöhnt, das Weichmetall so geräuschvoll in einen kannelierten Aschenbecher umzuhämmern, als wollte er diesen Höllenlärm für immer übertönen.

Aber es gab auch stillere Beschäftigungen. Neben ihm malte Garry eine Holzente grün an, und Battle flocht aus Stroh einen beckenförmigen Hut und sang dabei: «Der alte Moses ist tot», obwohl diese Therapie bei ihm immer einen Anfall hervorrief; wenn sie wieder oben auf der Station waren, würde er bestimmt wieder den Schornstein hochgehen wollen.

«Na, Battle, wie geht's?» Ein Wärter warf einen Blick auf die Gruppe, blieb lange genug stehen, um mit seinen riesigen Schlüsseln zu klimpern, und ging weiter. Bill hörte murrende Stimmen im Saal: «Ist das ein Hospital oder ein Gefängnis?» – «Ein Gefängnis.» – «Ja, einmal die Woche muß ich hier runter, Mister ... Auch nur einmal mehr, und ich würde Beteiligung am Gewinn verlangen.» – «Siehst du den, der da hinten schläft? Hat zwei Schießeisen in der Tasche gehabt, zwei Zweiundzwanziger, und einen Koffer randvoll mit Kugeln. Hat den Laden da überfallen, weißt schon.»

«Es ist zerfallen, zusammengebrochen!»

«Also, genau weiß ich's nicht, wann sie mich rauslassen», murmelte Battle ausdruckslos. «Hab den Doktor angespitzt, aber der sagt mir's noch nicht, aber ich schätze, ist bald soweit.»

«Erst miß mal deine Temperatur.»

«Die olle Zuckerstange, jawoll, Sir, Mann!» sagte Battle. «Wenn die mir mit der Zuckerstange kommen, geh ich einfach ans Klavier, klar.» Mit schleifenden Schritten tanzte er um einen Pfeiler.

«Komm, ich bring dir die Flaggensignale bei», sagte Garry. Sofort machte Battle die Signale nach.

«Mit der linken Hand zum E, für M gehste nach F», sprach Battle dem Jungen nach, fing aber gleich wieder mit Schattenboxen an, obwohl Garry weiter signalisierte. Ein kleiner

Mann mit Bart, der vorbeikam, sagte laut zu sich: «Das sind die Flaggensignale. Das machen sie bei den Pfadfindern.»

Schnaufend wandte Battle sich zu Garrys Freude wieder dem Signalisieren zu; er rief die Buchstaben aus: «A-ah! Be-eh! Ge-eh!», während Garry ihm die Pfoten mit den rosigen Handflächen führte. Als aus dem Signalisieren ein grotesker Tanz wurde, gesellten zwei andere Neger sich dazu. «Duh – ti – da – du», riefen sie, um die Betten hopsend. «Ti – da – du – wum – di – wum, da dum!»

Battle gab Garry einen scherzhaften Stoß. «Sieh mal meinen linken Haken! Hast du Angst vor mir?»

Während Plantagenet durch die Gitterstäbe blickte, wurde er plötzlich Zeuge von vier Operationen; die gleichzeitig in den hohen, sonnendurchfluteten Glasräumen des gegenüberliegenden Flügels ausgeführt wurden; es sah so aus, als läge die Front von diesem Teil des Hospitals plötzlich *offen* da, so daß – wie auf einem Kabinenplan der Cunard-Line oder einer anatomischen Darstellung des menschlichen Körpers – die Vorgänge hinter dem Mummenschanz aus Eisen, Stein oder Haut sichtbar wurden; und es war seltsam, diesen weißmaskierten Gestalten hinter den Glaswänden, die jetzt wie eine Luftspiegelung flimmerten, mit den Augen zu folgen. Gleichzeitig wirbelte die ganze Szene, die plötzlich vor ihnen ausgebreitet war, auf ihn zu wie die aufschnellende weiße Hand eines Verkehrspolizisten; er hatte das Gefühl, nur die Hand ausstrecken zu müssen, um den Arzt, der rechts vom Tisch den Einschnitt vernähte, oder die Schwester, die dem Patienten ein Pflaster oder einen Verband anlegte oder ihn zudeckte, berühren zu können; und ihm war, als würden all die Verbände in diesen Nordlichtstunden der klaffenden Wunde in seinem Bewußtsein gleichzeitig angelegt, wieder abgerissen und von neuem angelegt.

Oder – war er tot? Ah, hah, sieh, wie der Chirurg in den Fuß des Toten schneidet! Was nun, Nostradamus? Wird es Blut geben? Oder ist es geronnen in irgendeinem lebenswichtigen Organ? Blute, toter Mann, blute, gib dem armen Chirurgen seinen Seelenfrieden, auf daß er sich nicht betrinken, nicht durch das Delirium und den blinden Taumel gehen muß, den Horror der weißen Mäuse, des Drehwurms und der Orange Bitters; blute, auf daß er nicht sommers sich darauf besinnen muß, daß die Natur selbst ein einziges nervöses Zittern ist, vom neurotischen Eichhörnchen bis zu den im Mist pickenden Spatzen, wo die Mischlinge, Kreolen und Viertelneger in schwarzem Staub vorbeigaloppiert sind; blute, auf daß er nicht denken muß, wie viel schöner die Frauen sind, wenn man im Sterben liegt, wie sie sich unter ermattenden Bäumen auf den Straßen wiegen und ihre Brüste wie Blüten hüpfen im warmen Wind; blute, auf daß er weder die Laus des Gewissens noch das Stöhnen imaginärer Menschen hören, noch die bösen Geister die ganze Nacht auf dem Fensterladen sehen muß …

«Aber, Mr. Battle, Sie machen ja den Hut ganz kaputt. Sie machen das ganz verkehrt», sagte eine Lehrerinnenstimme.

«Ah, was Sie nich sagen, Madam, ich mach es ganz verkehrt? So was ich denke, mach ich es okay. Is das hier Behandlung 29 oder was?» Und gleich darauf, während er den buntfarbigen Hut in Fetzen riß: «Hier ham Se Behandlung 63!»

Später, als die neun hohen Kerzen in dem kreisrunden Beleuchtungskörper über den alten Männern angezündet wurden, die man für zu taperig oder zu unanständig hielt, um mit den anderen im regulären Speisesaal zu essen, und diese sich in grauer, zitteriger Verzweiflung über ihren Eintopf beugten – manche schienen gar nicht zu wissen, daß sie aßen, weil das

Essen, das sie langsam und schläfrig mit unschädlichen Löffeln hineinschaufelten, vielleicht keinen Geschmack für sie hatte, während andere nicht einmal zu essen versuchten, sondern starr vor sich hinlächelten, als gewährte selbst der Gedanke an das Elend ihnen einen perversen Trost –, glaubte Plantagenet, der sie beobachtete, allmählich die Bedeutung des Todes zu verstehen, nicht als eine plötzliche Botschaft der Gewalt, sondern als Funktion des Lebens. Er stand auf, als wollte er einen Feind abschütteln, dann ließ er die Hände kraftlos fallen.

Mit großem Schlüsselgeklirr wurde die Badezimmertür aufgeschlossen, und Battle, der gerade da herumstolperte, rief: «Klosett! Klosett! Hab aber keine Lust, mich draufzusetzen. Mag einfach auf den Boden scheißen.» – «Zeit für eine Kippe», brummte eine Stimme, und das Schlurfen wurde lebhafter.

Die Badezimmertür fiel klirrend ins Schloß, und die Schlüssel klingelten weiter den Korridor entlang.

Als sie in den Hauptsaal zurückkamen, wollte Battle den Schornstein hochklettern. Die Wärter zogen ihn herunter, und er fiel platt aufs Gesicht und weigerte sich aufzustehen.

Garry und Bill standen dabei, während Mr. Kalowsky, den Löffel in der Luft, ihnen zusah; sein Blick wanderte mechanisch wie ein gedrosselter Ventilator von ihnen zu Battle und zu den Wärtern und wieder zurück.

Nach einer Weile begann der tapfere Battle sich zu rühren; er setzte sich auf, rieb sich den Kopf und bemerkte mit dem Anstrich vollendeter Vernunft, während er der Schwester ins Gesicht sah: «Was 'ne Frau auch spielt, ob sie's weiß oder nich weiß – sie haut dich in die Pfanne.»

VI

Der Tag der Marionettenvorstellung war einer der heißesten Tage. Die drei Freunde machten frühzeitig ihre Betten.

«Ich sag das nicht zu jedem», sagte Garry zu Mr. Kalowsky, während er die verschmutzten Laken glattstrich, «aber ich wollte, du wärst mein Vater.»

Schlüssel schmetterten wie Becken, die Badezimmertür flog krachend auf, der übliche Tageslauf nahm seinen Anfang. Bald waren die Räume von dem widerlichen Schlurfen vieler Füße erfüllt. Den Kopf gesenkt, scharrten die Kranken mit ihren Hanfsohlen über den Boden, wenn sie nicht gerade zur Toilette oder zum Rauchen aufgerufen wurden. Dann hielten sie sich noch ein paar Minuten aufrecht, als hätten sie ihr grauenhaftes Dasein vergessen, aber bald ließ der eine den Kopf wieder hängen, dann ein zweiter, während ihre Sinne, die von diesem flüchtigen, unsicheren Appell beinahe in ein zitterndes Leben gerufen worden waren, wieder abstumpften, so daß sie sich weder ihrer schweißglänzenden Stirn noch ihrer schmutzigen Füße und Körper bewußt wurden. Von Zeit zu Zeit, wenn einer sich aufs Bett setzte, schrie ein Wärter:

«Aufstehn, da hinten! Bewegung!»

Dann reihte der Betreffende sich wieder in den Zug ein, dem Garry, Plantagenet und Mr. Kalowsky sich längst angeschlossen hatten.

«Ich bin einfach der Wandernde Jude», sagte Mr. Kalowsky bitter lächelnd. «Es war 1870», setzte er hinzu, «und die Deutschen zogen in den Krieg.» Sie kamen an dem hohen, vergitterten Fenster vorbei, das auf den Ostflügel des Hospitals hinausging, und da draußen sprang das Sonnenlicht herum wie ein mutwilliger kleiner Junge, der vor Gesundheit und Wildheit platzte und sie alle quälte. «Die Sonne ging gerade unter, und die französischen Bauern kamen von der Arbeit heim. Ich hatte einen Stock mit einer großen eisernen Spitze in der Hand, und ein Franzose kam auf mich mit einer Sense zu und fragte: ‹*Quelle patrie avez-vous?*› ... und er dachte, ich hätte gesagt ... ‹Ja›, sagte ich, ‹ich nehme Ihre Herausforderung an.› ... ‹Nein›, sagte er, und ich sagte ...» Der Alte wandte sich plötzlich zu Bill. «Werden Sie das dem Doktor sagen? Ich möchte gern in ein Sanatorium. Vielleicht geben sie uns da was zu tun. Aber jetzt sind wir hinter Gittern.»

Das Fenster mit dem wütenden Sonnenlicht kam ihnen wieder entgegen. Da merkte Plantagenet, daß er mit seinem Haß auf die Sonne allein war: Garry und Mr. Kalowsky brachten ein Lächeln dafür auf.

«Und dieser Mann mit dem Stekel nahm meine Hand und sagte: ‹*Bien, garçon*, Sie sind ein guter Junge.› Und er führte mich in ein Café und bestellte Essen und ein Glas Wein. Ich ging ein Stück weiter, da begegnete mir ein reicher Müller. Nun, wie ich ihn sah, ging ich zu ihm und sagte: ‹*Voulez-vous me donner un verre d'eau?*› Und er sagte: ‹*Venez avec moi.*› Das heißt: Kommen Sie mit», erklärte Mr. Kalowsky höflich. «Und er kaufte eine große Flasche Wein, und es war im Januar 1870, und es war so heiß, daß ich meinen Mantel nach Berlin geschickt habe.»

«Meine Güte, das war vor der Geburt meines Vaters», sagte Plantagenet.

«Ja, Sie müssen bedenken, daß es in Südfrankreich war. Als ich den Wein ausgetrunken hatte, fing es mit meinem hohen Blutdruck an.»

Während der Alte immer weiterredete, schien die wirre Geschichte seiner Wanderschaft dem Weg ihrer müden

Schritte zu folgen, und immer wieder kam er zu dem schwermütigen Kehrreim zurück: «Aber jetzt sind wir hinter Gittern.»

Und Plantagenet dachte, daß diese Wanderschaft sich vielleicht in ihrem Gehen jetzt fortsetzte, als wäre aus ihrer Begegnung eine unverständliche, aber zwingende Notwendigkeit gewachsen, so als wären sie einander am Tag und Ort des Jüngsten Gerichts begegnet, um nach besten Kräften Rechenschaft abzulegen, über die Schritte ihres Lebens zu berichten bis zu diesem Zusammentreffen, das vielleicht das Ende war.

«Warum hast du eigentlich dem kleinen Mädchen weh getan?» fragte er Garry unbedacht nach einem langen Schweigen, in dem das stetige Schlurfen der Füße unerträglich geworden war. Er wußte nicht mehr, wann er erfahren hatte, daß Garry dem Kind die Kehle mit einer Flaschenscherbe durchgeschnitten hatte. Er bereute seine Frage sofort und setzte hinzu: «Ich glaube es nicht!» Sie waren beiseite getreten, um Battle durchzulassen, der, von einer lachenden Schwester verfolgt, durch die Korridore rannte und einen farbenprächtigen Korb zerriß und schrie: «Ah, hier ham Se Behandlung 63 ...»

«Mein Gott, das war doch nur ein kleiner Kratzer!» sagte Garry mit großem Nachdruck, während sie sich wieder den Betten näherten. «Außerdem hatte sie mit Kreide aufs Pflaster geschrieben, ich und meine Mutter und mein Vater, wir wären schlechte Menschen, die in die Hölle gehören.» Er begann zu weinen.

«Erinnern Sie ihn nicht daran», flüsterte Mr. Kalowsky, «er muß bald zum Gericht und vor den Richter treten. Aber vielleicht sprechen Sie vorher mit dem Doktor. Du gehörst nicht hierher, Garry», sagte er laut. «Hier wird es nur schlimmer mit dir – weshalb haben sie dich bloß hierhergebracht?»

Die Schwester hatte die Jagd aufgegeben, aber Battle kurvte jetzt zu ihnen herüber und verkündete: «Einmal bin ich, ohne Luft zu holen, durch den ganzen Staat Ohio gerannt.» Er hielt den Atem an, und schon war er wieder fort.

«... wo du doch Dickens lesen solltest?» fuhr Mr. Kalowsky zu Garry gewendet fort; er nickte Bill höflich zu, als wollte er sagen: «... den großen Engländer.»

«Kenn ich alles», sagte Garry, rasch seine Tränen vergessend. «Und Engelland kenne ich auch», teilte er Bill mit. «Ich will dir was sagen: wenn du mit dem Doktor gesprochen hast, nimmst du uns mit nach Engelland. Mr. Kalowsky und mich und vielleicht meinen Bruder; ich kann das alles ganz deutlich sehen. Es gibt Bauernhöfe, und vielleicht werde ich auf den Hügeln Maler sehen oder Kühe und Schafe, die auf grünen Weiden grasen. Ja, ich sehe die Künstler, sie malen Bilder von Blumen und verschiedenen Vögeln und Bergen und Seen und Bäumen. Oder», er senkte die Stimme, «vielleicht gehst du in einen Teil von England, wo ein Künstler Ruinen malt.»

Auf der Station war jetzt eine Partie Pingpong zwischen Battle und der Schwester in Gang gekommen, aber Battle fing an, energisch das Netz abzumontieren, den Ball wie eine rote Blase im Mund. «Das is kein lausiges Empfangszimmer hier, oder schon gar nich 'n Tennisclub», klagte er, und als sie gleich darauf das hohe Fenster erreichten, tanzte er an ihnen vorbei und sang: «Nach Maine bin ich gegangen, ließ mich von 'nem Polypen fangen. Wie heißt du? Battle, sagte ich, wetten? und schon verzierten meinen Arm paar Ketten ...»

Sie hatten den Saal umrundet und blickten wieder auf den East River. «Siehst du den alten Kohlenkahn?» fragte Garry. «Von dem kann ich dir was erzählen. Jawoll, Sir, ich weiß Bescheid ... 1914 haben sie schöne Kohle geladen, aber dann ist die Trosse gerissen, der Kahn ist mit der Strömung hinuntergetrieben, und die meiste Kohle liegt jetzt am Grund der See. Der Rest ist hier begraben, und der Kahn ist zerbrochen, kaputt.»

«Jetzt erzähl uns mal eine lustige Geschichte, Garry», sagte Mr. Kalowsky, die beiden anderen gütig ansehend.

«Klar», sagte Garry, und sie schritten ein wenig munterer aus. «Da drüben in Indien im Dschungel, da war eine Elefantenmutter mit ihrem Baby. Die Eingeborenen wollten den kleinen Elefanten fangen und lebend heimbringen. Und wie die Elefantenmutter und das Baby eines Tages draußen im Dschungel waren, da jagte das Kleine einem Schmetterling nach und fiel in die Grube, und die weißen Männer haben es gefesselt ...»

VII

Dann war es Zeit für das Marionettentheater. Die Patienten nahmen langsam ihre Plätze ein und zupften sich gegenseitig Fäden aus ihren Frotteebademänteln.

«Was zupfst du denn dauernd an mir herum? Was denkst du dir dabei?»

«Willst du mich etwa schlagen?»

«Nein, will ich nicht.»

«Ruhig, Jungens! Bitte, ganz ruhig jetzt!»

«Ich hab dich zweimal geschlagen. Einmal hierhin und einmal dahin.»

«Jesus Christus im Himmel droben, was seh ich'n da? Abraham Lincoln da unten unterm Fußboden – aber wo's George Washington? Möcht ich wirklich mal wissen ... Paß auf meinen Platz auf, bin gleich wieder da.» Battle tanzte hinaus und kam sehr schnell mit einer Boulevardzeitung zurück.

Plantagenet blickte ihm über die Schulter und las:

ZWEI SCHLANGEN IM GERICHTSSAAL! –
REPTILIEN VERSPRITZEN IHR GIFT!
FRAUEN IN PANIK!

Mit schaurig hohlem Rasseln, das die Frauen in den fernsten Ecken des überfüllten Gerichtssaals erzittern ließ, und in ihren neuen Häuten glitzernd, wurden heute zwei Diamantklapperschlangen auf den Richtertisch gelegt. Gerichtspräsident Fricke eröffnete die Verhandlung gegen den leichenblassen, nervösen Friseur Robert S. James aus Birmingham, angeklagt des Mordes an seiner goldhaarigen jungen Frau am …

Ein Schreck durchzuckte ihn, als er das Datum las. So lange her!

Vize-Schönheitskönigin aus dem Gefängnis entlassen! Regiert wieder in Atlantic City!, las Garry mühsam.

«Herrgott, diese weißen Mäuse», sagte jemand. «Hast du mal weiße Mäuse gehabt?»

«Nein, aber den Drehwurm. Das ist schlimmer. Gibt es ein Mittel gegen den Drehwurm?»

«Was ist mit eurem Kopf los, daß ihr all diese Lügen lest?» fragte Mr. Kalowsky. «Und all diesen Schmutz.»

«Angenommen, ich versuche dem Doktor zu sagen, daß Sie in meinen Augen das Opfer einer Intrige sind, Mr. Kalowsky», sagte Plantagenet so leise, als spräche er mit sich selbst. «Sie sind so normal wie die meisten Leute, die ich kenne. Das Schlimme ist nur: bin ich es? Und würde er auf mich hören?»

«Zwei Schlangen – im Gerichtssaal – Panik», buchstabierte Garry. «Heiliger Bimbam!»

«Herrgott, ich kenn einen von den *News*, und wenn ich

hier rauskomme, werd ich hingehen und ihm sagen, was ich von diesem gottverdammten Laden halte. Herrgott noch mal, hört euch nur das mal an: Sitz ich da auf dem Kai und trinke Whisky, und da kommt dieser Polyp und sagt: ‹Was machst du denn da?› Ich sage: ‹Wieso, ich bin grade dabei, meinen Whisky zu trinken, und den werd ich jetzt wohl alle machen.› Na, er sieht zu, wie ich meinen Whisky leer mache, und dann weiß ich nichts mehr, außer daß sie mich hierhergebracht haben. Dabei war ich völlig bei mir. Ich wußte genau, daß ich achtzehn Zahnstocher hatte – verstehst du? –, und das habe ich dem Polypen gesagt, und einen davon hab ich benutzt, Herrgott noch mal ... Das macht neunzehn Zahnstocher, die da unten auf mich warten, und die müssen sie mir geben, wenn ich hier rauskomme, und wehe, wenn ich sie nicht kriege. Und die sagen, ich wär verrückt!»

Ein Dröhnen ging durch das Gebäude und ließ die Türen erbeben. «Seht ihr, wie der Flieger da runterkommt?» sagte Battle. «Is kein Flieger, das is 'n Automobil.» – «Ein Automobil kann nicht fliegen.» – «Doch, Sir, is 'n Automobil, das fliegen *kann*. Niemand abspringen, erst die Frauen!» schrie Battle aufspringend.

«Hallo», sagte eine Stimme in Plantagenets Ohr. «Wie geht's Mr. Reuevoll heute?»

«Oh, hallo, Herr Doktor», sagte er halb aufstehend. «Nicht schlecht. Ausgezeichnet. Ich habe Ihnen eine Menge zu erzählen, wenn Sie mal Zeit haben.»

«Ich ersehe aus Ihrer Tabelle, daß Sie sich ganz gut machen.» Der Arzt setzte sich schwerfällig neben ihn. «Ich wollte schon früher mit Ihnen sprechen», sagte er, «aber ich habe zur Zeit furchtbar viel zu tun ... dazu die Hitze ... Was haben Sie denn auf dem Herzen?»

«Ach, ist jetzt nicht so wichtig. Ich werde in Ihre Sprechstunde kommen, wenn ich darf?» Der Arzt nickte zerstreut. «Nun», setzte Plantagenet nervös hinzu, «was ist mit diesem Marionettentheater?»

«Hm. Meine Idee, größtenteils. Es fördert ganz entschieden den Kontakt zwischen den Patienten, indem es ihnen Gelegenheit zum Zusammensein und zur Beherrschung ihrer üblichen Tendenz zu emotionellen Ausbrüchen gibt.» Nachdenklich die Stirn runzelnd sah er sich um. «Außerdem erleben die Patienten etwas gemeinsam, das sie später verbindet und über das sie miteinander sprechen können. Manchmal ist es einigermaßen erfolgreich.»

An dem einen Ende des Stationstisches hatte man ein rechteckiges Holzgestell aufgebaut, mit einer länglichen Öffnung als Bühne, die mit grünen und gelben Vorhängen verkleidet war; davor lehnte der Puppenspieler, ein Gesunder von «draußen»; er hatte die Arme in die Seite gestemmt, und sein Gesicht sah im Licht einer dunklen Laterne ockergelb aus. «Da war eine Verwechslung wegen eurer Musik», sagte er. «Musik gibt's nächste Woche. Ihr wißt doch noch», sagte er, kurz auflachend, «Kaspar hatte sich einen Luftballon gekauft, und jetzt werden wir sehen, was für Abenteuer er hat.»

«Jawoll, Sir!»

«Na gut, dann.» Der Puppenspieler zog das Rouleau des nächsten Fensters herunter, und man hatte sogleich die Illusion von Kühle, obgleich der Raum keineswegs dunkel war.

«Jawoll, Sir, Chef», sagte Battle, sich kratzend. «Die Schau kann losgehn.»

Der Vorhang ging auf, und man erfuhr, daß Kasperle Hanswurst war und Hanswurst wiederum ein Amerikaner, der gerade aus einem Luftballon in den afrikanischen Urwald gefallen war.

«Ich bin für die Opernsaison gekommen», sagte Kasperle,

und dann, als wäre ihm gerade eingefallen, daß er eigentlich im Sterben lag, jammerte er: «O wehmine! Ich sterbe, sterbe, sterbe!»

Er trug eine rot-grün-goldene Fliegeruniform und blickte zum Himmel auf, und Battles Blick folgte dem seinen.

«Jesus ist da oben, aber sehen wirst 'n nich. Und Abraham Lincoln da unten unterm Fußboden. Aber wo 's George Washington, möcht ich wirklich mal wissen ...»

Gretel war eine Äthiopierin mit einem Messingring in der Nase. Sie wackelte geziert, eine Flasche Whisky in der Hand. «O wehmine!» japste Kasperle, und Gretel gab ihm den Whisky. «Wie geht's dir? Geht's dir jetzt besser?» – «Wo bin ich?» – «Im Kayonka-Land, in Afrika.» – «Du willst mich foppen!» – «Zufällig bin ich die Schwester von dem Häuptling des Stammes, und da kommt mein Bruder schon.» – «Sind Sie der Chef der Polizei?» begrüßte Kasperle den Häuptling. «Nun, in New York war ich auch schon mal.» – «Kennen Sie Billy Minskys Kneipe?» – «Jawohl, Sir, und ich kann Ihnen sagen, ich wäre jetzt gern dort, denn der Riese frißt unseren ganzen Stamm auf.» – «Die *Riesen* aus New York?» – «Nein, Baseball gibt es hier nicht.» – «Ich spiele im College in der Abwehr ...»

Mr. Kalowsky wurde unruhig. Er beugte sich zu Plantagenet und sagte: «Wozu zeigen sie uns diesen Unsinn? Sie sollten uns lustige Geschichten bieten.»

Auch Garry wurde unruhig. «Ich werde euch eine bessere Geschichte erzählen», sagte er. «Könnt Ihr ihm nicht sagen, daß ich bessere Geschichten erzählen kann?» flüsterte er mit einem verstohlenen Blick auf den Arzt, der ihn aber anscheinend nicht gehört hatte.

Auf der Bühne sagte der Häuptling: «Darf ich Sie meiner Schwester vorstellen, Sakoluki», während Hanswurst-Kasperle zu Battles höchstem Entzücken der Dame nicht die Hand, sondern den Nasenring schüttelte.

Plötzlich kam aus dem Hintergrund der Bühne ein Dröhnen wie von dem Wasserflugzeug, das vor kurzem noch über dem Hafen gekreist hatte, und langsam tauchte dort etwas über dem Horizont auf. Es war die Hand des Riesen. Gerade während Kasperle und Gretel sich ein Küßchen stahlen, packte sie den Häuptling und sank langsam mit ihm wieder in die Tiefe.

«Seht mal, der Riese hat ihn», sagte Garry.

«Wir sollten was Lustiges sehen», beklagte sich Mr. Kalowsky, «nicht diesen Unsinn. Wir sollten zweimal die Woche Charlie Chaplin sehen – er würde mit Vergnügen kommen.»

«Nimm dir 'n Ring aus der Nase», riet Battle.

«Der Riese ist blind», sagte Garry.

«Zuweilen kommen von den Patienten die phantasievollsten Vorschläge», sagte der Arzt mit verhaltener Stimme zu Plantagenet. «Das gibt uns oft Anhaltspunkte für die Analyse.»

«Wo ist der Riese hin?» fragte Kasperle.

«Hinter mir», sagte Battle, «läßt sich die Schuhe wienern.»

Mr. Kalowsky schnalzte mit der Zunge.

Die Hand des blinden Riesen tauchte wieder auf und fing Gretel ein.

Als sie sich wieder ausstreckte und mit einer unheimlich flinken Bewegung, die finstere Schatten an die Wand warf, nach Kasperle langte, hatte Plantagenet den Eindruck, das Drama verlaufe auf Grund einer finsteren Laune des Puppenspielers anders als eigentlich vorgesehen; er spürte das zunehmende Mißbehagen des Arztes – oder glaubte es zu spüren – und verglich es mit dem Mißbehagen eines Gottes, der einmal mehr entdecken muß, daß man dem Menschen nicht für lange Zeit die Fäden seines Geschicks anvertrauen kann. Bildete er es sich nur ein, oder wollte der Puppenspieler sie absichtlich erschrecken? Wenn ja, so hatte er nicht viel Erfolg: Garry und Mr. Kalowsky zeigten offen ihre Verachtung, und die übrigen waren gleichgültig bis auf Battle, der hin und wieder ermunternde Zurufe beisteuerte.

Plantagenet kam der Verdacht, daß nur er erschreckt war; und es war nicht so sehr die Hand oder der Schatten an der Wand, die etwas von der Vertrautheit seines Deliriums an sich hatten, die ihn erschreckten, als die Tatsache, daß er damit allein war. Er hatte das merkwürdige Gefühl, in den Maelstrom gleichsam hinabgestiegen zu sein, einen Maelstrom, der aus dem letzten Grunde, den man erwartet hätte, so entsetzlich war: wegen der hassenswerten, geduldigen Stille, die er manchmal an sich hatte.

Mein Gott, dachte er plötzlich, warum *bin* ich hier, an diesem trauervollen Ort? Und ohne ganz zu wissen, wie er dazu kam, hatte er das Gefühl, daß er tief hinunter gewandert sei bis zu dem faulen Kern seiner Welt; hier, unter all den lauten entflammten Worten, den kreischenden Schlagzeilen, den Jahren des Hochmuts, lag der wahre Sinn. Aber ebenso, dachte er, als er den Arzt ansah, war hier vielleicht Heilung, Weisheit und Einsicht, noch geduldiger ... Und auch Güte gab es hier – er blickte auf seine beiden Freunde – ja, durch welches Wunder kam es, daß es hier auch Mitleid und Liebe gab?

Und er überlegte, ob der Arzt sich wohl jemals fragte, was für einen Sinn es habe, arme Irre an eine boshafte Welt anzupassen, die fast durchweg von anderen, nur raffinierteren Irren beherrscht wurde, wo neurotisches Verhalten die Regel war und es nur Heuchelei als Antwort auf die Flammen des

Bösen gab, die die Flammen des Jüngsten Gerichts sein konnten, die immer näher heranloderten ... Er sah, daß der Arzt der Erschöpfung nahe war: der Schweiß rann ihm übers Gesicht, und er lehnte sich angespannt nach vorne.

Bei diesem Anblick gingen seine Gedanken auf die Wanderschaft. Wie schon oft begann er sich vorzustellen, daß er von allen im Stich gelassen wäre. Der Arzt, seine letzte Hoffnung an diesem letzten Grenzposten, hatte keine Zeit für ihn oder seine Freunde. Er sah in der auftauchenden Riesenhand nur sein Schicksal, die Hieroglyphe für «sie», die nach ihm suchten, um ihn mitzunehmen; bald war er das Kasperle, das auf der Bühne mit albernen Gebärden bald hierhin, bald dorthin auswich; bald sah er sich in der vertrauten Rolle desjenigen, der freundlos durch feindliches Land in immer dunklere Winkel, immer abgelegenere Verstecke getrieben wird.

Die Vorstellung war zu Ende, und er wußte nicht, ob Kasperle entkommen war oder nicht.

«Fortsetzung nächste Woche», sagte der Puppenspieler lachend.

«Wenn er 'n gekriegt hat, ist er jetzt Kartoffelbrei», sagte Battle aufstehend. «Hackfleisch is er dann.»

«Alles Unsinn!» sagte Mr. Kalowsky. «Sie sollten uns was Lustiges zeigen.»

Die Rouleaus wurden hochgezogen, und die blendende Helle strömte herein; die Bühne wurde abgebaut, Riese, Kasperle und Gretel, Häuptling und Ballon wurden säuberlich in Schachteln verpackt, die Laterna magica wurde zusammengeschoben und in ein Leinwandetui gesteckt. Der Arzt ging, ohne einen Blick zurückzuwerfen, eilig mit dem Puppenspieler hinaus.

Bald nahmen die Patienten, als hätten sie sich nur auf ihrer Pilgerschaft ein wenig ausgeruht, willfährig ihre Prozession durch die Krankensäle wieder auf. Gesichter, die eine Zeitlang zwar ablehnend, aber doch aufmerksam Kasperles Possen zugesehen hatten, verfielen zu grauem Elend. Erst hörte man hier und da Vermutungen über die Vorstellung – dann nicht einmal mehr ein Kopfnicken. Das Schlurfen setzte wieder ein. Ein Wärter klirrte mit den Schlüsseln und rief: «Aufstehn, Bewegung dahinten!», während Garry, Bill, Mr. Kalowsky und sogar Battle schließlich schweigend und mit hängenden Köpfen wie die anderen in diesem Marathon des Todes mitgingen. Die Zuschauer hatten sich zerstreut, ein jeder auf dem Weg in sein inneres Afrika.

VIII

Pneumotorax-Füllungsstation 382 Elektrokardiographische Abt. 257 Operationssäle 217 Physiotherapie 320 Neuropatholog. Labor 204 für psychiatrische Abt. 0 wählen ...

Mitunter fiel ihm erst dann, wenn er die Aufschriften an der Wand las, ein, wo er war, und auch jetzt, als er den Anbau des Krankensaals betrat, fiel es ihm ein. Doch an diesem heißen, gewittrigen Spätnachmittag war die Atmosphäre, die ein Städtisches Hospital sonst kennzeichnet, für ein paar Minuten wie weggeblasen. Der von Vorhängen abgeschlossene Raum hatte etwas scheußlich Gemütliches, eine trügerische Heiterkeit. Als er sich ans Klavier setzte und schwungvoll ‹*Sweet and Low*› in Angriff nahm, quälte ihn der Gedanke, auf welch abwegig vollkommene Weise seine Wiedergabe die peinigenden Erinnerungen ausdrückte, die das Stück erwekken könnte, wenn er das Stück geradlinig spielen würde. Aber er spielte es nicht geradlinig, niemand konnte die Melodie wiedererkennen, und doch war er absurderweise enttäuscht von der Gleichgültigkeit seiner Zuhörer. Es war, als säßen sie wieder vor dem Marionettentheater. Er spielte ein bißchen lauter und lächelte Garry zu, der sich über seine Schulter beugte, und Mr. Kalowsky, der in der Nähe in einem Korbstuhl saß und ihm ermutigend zunickte, als er zu ‹*These Foolish Things*› überging. Seine Hände zitterten noch, aber jetzt gehorchten sie seiner eisernen Entschlossenheit, und das Zittern hörte auf. Im Augenblick fühlte er sich so, als hätte er nichts weiter als eine durchaus heilbare Nervosität, jene Art Katzenjammer am Morgen danach, wenn er zwischen zwei Dosen Brom Qualen durchlitt beim Gedanken daran, wie unangenehm er gestern abend aufgefallen war; dabei übersah er völlig die Anonymität, die unauffällige Präzision, sogar die Höflichkeit seines Benehmens: denn wer hatte ihn auf dem leeren Korridor gesehen, als er irrtümlich in die Damentoilette gegangen war, wer hatte die Kotze bemerkt, die er mit unnachahmlicher, wohlüberlegter Sorgfalt unter den Feuerlöscher placiert hatte? Und dann die Senkrechtfahrt im Lift hinab in die summende Hotelhalle, die sich unter Fächerpalmen drehte, wo kein Auge in seine Richtung blickte, und dann die Meilen und Meilen und abermals Meilen, die er mit dem Instinkt eines Salms heimwärts geschwommen war ... Nein, wäre seine Vergangenheit wirklich nur solch eine schwächliche Anhäufung dummer Streiche, wäre seine Vergangenheit nicht den Nationen gleichzustellen – und welche von denen wagte es schon, mit dem Trinken Schluß zu machen, wagte es, die schlotternden Knie der Jahre ins Auge zu fassen? –, gäbe es in ihr, ganz abgesehen davon, welcher Einzelheiten seines verrückt verbrecherischen Lebens er sich genau und reuevoll erinnerte, oder welchen nicht wiedergutzumachenden Schaden er angerichtet hatte, nicht solch ein langes, müdes Erbe an unrettbarem Nachglanz, er wäre vielleicht imstande gewesen, sich an Hand seiner physischen Symptome einzureden, er hätte so einen Katzenjammer samt der harmlosen Selbsttäuschungen, die ihn begleiteten; so «erleichterte» es ihn wirklich, sich vorzustellen, was seine Brüder zu der Partie Whist gesagt hätten, die Battle und zwei glänzend schwarze Matrosen mitten im Saal spielten, hätte man das Ganze in den Salon versetzen können, an den er dachte.

«O Gott», schnatterte Battle. «Da is ja Miss Karo – die wird mir massenhaft Geld einbringen.»

«Was du nicht sagst.»

«Jesus, und da is der König der Könige.» Battle knallte den Herzkönig auf den Tich. «Ich spreng die Bank.»

«Mach sie fertig!»

«Zu jung, und außerdem *sticht* er 'n Buben.»

«Danke, Chef, der ist erledigt.»

«Wie-da-sehn, das Whist-As, das bin ich!» Battle sang es halb, aber nicht zu Bills Musik. Irgend etwas im Rhythmus seines Bluts schien sich gegen Bills Musik zu sträuben – nicht weil sie ihm fremd war, sondern weil sie im Gegenteil so viel Verwandtes hatte, daß er sich ihr nicht anpassen wollte.

Plantagenet sah Battle von der Seite her an und fühlte, daß der Neger auf seine Musik eifersüchtig war, daß er sie übelnahm, so wie der arme Schwachsinnige hinter ihm mit dem langen blonden Haar und dem hängenden Kinn sie übelnahm, wenn auch aus Neidgefühlen anderer Art. Während er zur Melodie von *‹Milneburg Joys›* überwechselte, ließ er beiläufig seinen Blick wandern, von den Patienten, die Garry gegenüber am Klavier lehnten – zweifellos aus einer übriggebliebenen häuslichen Gewohnheit heraus, denn sie hörten gar nicht zu –, über den armen Schwachsinnigen und die beiden Krankenschwestern, die sich weitschweifig und lebhaft über eine Autopsie unterhielten, zu der geschlossenen Tür des Arztzimmers.

«Wenn wir hier rauskommen», flüsterte Garry Bill ins Ohr, «dann geh ich mal an einem Samstagmorgen 'ne Schnur kaufen und tu sie in die Krabbennetze, und dann hole ich Fischköpfe, und die binde ich im Netz fest, und dann leg ich das Netz auf einen Handwagen und mein Frühstück auch, und dann geh ich mit meinem Bruder runter – und du kommst natürlich auch mit und Mr. Kalowsky –, und wir gehen alle runter zum Dock und bleiben den ganzen Tag unten, und dann auf dem Rückweg verkaufen wir ein paar Dutzend, und vielleicht kriegen wir einen Dollar, und dann gehen wir nach Hause und kochen den Rest, und wenn wir gegessen haben, gehen wir ins Kino und lutschen Bonbons oder so was, und ganz genauso machen wir es am nächsten Tag.» Aus dem Augenwinkel konnte Plantagenet sehen, daß Battle und die Neger ihn geringschätzig anblickten, während seine Finger Garrys unschuldigen Tageslauf klimperten.

«Ich hab mal am Fenster gestanden, als der Käpt'n mit 'm Steuermann 'n Wort hatte», verkündete Battle, «als's die große *Titanic erwischt hat.*» Er knallte eine Karte auf den Tisch.

Doch verdichtete sich sein Singsang allmählich zu einem Lied mit einem seltsam einkreisenden Rhythmus, auf den die Füße und Hände der anderen schwarzen Kartenspieler respondierten wie mit leisen Schlägen haitianischer Trommeln:

«Als die große Titanic auf 'n kalten Eisberg lief,
Mensch, Nigger, mach die Ohren steif,
hast 'nen Boden aus Beton, dein Arsch geht nicht tief ...»

«Ja, Mann», raunten die anderen Kartenspieler. «Ja, Mann», trommelten sie mit Händen und Füßen, während Battle jede ausgespielte Karte heftig hinknallte.

«Nigger springt herauf aufs Deck,
Sagt: Käpt'n, wir haben 'n großes Leck.
's Euer Zimmer nich ganz naß?
Zieh Leine, Nigger, was kümmert mich das?
Meine vierundfünfzig Pumpen, die schaffen
auch das ...»

Plantagenet schlug einige Akkorde an, die wenig miteinander gemein hatten, außer daß es Mollakkorde waren.

«Ich weiß ein viel schöneres Lied», flüsterte Garry beklommen. «Spiel weiter, dann sing ich's dir vor.» Er spielte ‹*In a Mist*›. «Ich sah ein Schifflein segeln, segeln auf der See, und drin saß eine Dame mit hübschem Zeug bei Tee. Weiche Decken für dich und Äpfel gab's zum Schmaus, auf jedem Deck stand eine weiße Maus ...»

«Ja, Boss Käpt'n, aber mir scheint,
Daß es diesmal nicht so geht, wie Ihr meint.
Und Nigger denkt nach – und kommt zu dem Schluß,
Daß so 'n großes Schiff nich sinken muß.»

Das so 'n großes Schiff nich sinken muß», wiederholten die anderen nachdenklich, die Karten in der erhobenen Hand.

Battle hielt seine Karte hoch, verdrehte die Augen zur Decke und erklärte feierlich, als spräche er einen Segen:

«Nigger schaute hoch und sagte: Die halten mich hier für 'ne Null!» Während Battle seine Karte hinknallte, scharrte er unter dem Tisch mit den Füßen.

«Aber ich spring über Bord un' schwimm nach *Liverpool.*»

Das letzte Wort stieg vom Kartentisch hoch wie eine Rakete, die auf Plantagenet abgeschossen wurde, und der wechselte abrupt zu *‹Singing the Blues›* über. Er spielte Frankie Trumbauers alte Version in schnellem Tempo.

«Nigger also springt über Bord ins Meer,
alle Leute auf 'm Schiff schaun hinter ihm her!»

Die Kartenspieler wiegten sich auf ihren Stühlen.

«Paß auf!» sagte Garry. «Ich weiß ein schöneres Lied vom Meer. Paß auf: Wir wurden in der Kajüte herumgeworfen; kein Mensch wagte sich zu rühren; der Sturm wühlte den Ozean auf, so daß er wütend brüllte, und der Donner klang wie die Trompete, und der Blitz kappte den Mast. Nun, da taumelte der Kapitän die Treppe hinunter, und das Töchterchen umklammerte seine eiskalten Hände, und der Vater sagte: ‹Ganz ruhig, Töchterchen, denn mit uns ist's geschehen.› Am nächsten Tag gingen wir im Hafen vor Anker, gerettet.»

«Und des Käpt'ns Tochter, die stand an Deck,
Ihre Hosen um 'n Hals, sie ruft voller Schreck:
He, komm zurück und rett mich arme Maid,
Ich bin dir alles zu geben bereit!
Du Hure, zieh dich ers' mal an, ich seh,
Du zitterst ja wie 'n kaltes Gelee …»

«Wie 'n kaltes Gelee …»

«Paß auf! Ich erzähl dir eine bessere Geschichte von einem Eisberg. Viel besser.» Garry wandte den Blick nicht von Bills Gesicht. Er lehnte sich näher zu ihm hin. «Es war Ende September, da fuhr ein großes Walfängerschiff nordwärts, um im Eismeer Walfische zu fangen ...» Plantagenet wurde so nervös, daß er ständig mit der Hand an den Mund in dem Glauben fuhr, er hätte eine Zigarette zwischen den Lippen, einmal beugte er sich sogar vor und langte nach einer imaginären Zigarette, die sich in einem imaginären Aschenbecher verzehrte, aber ‹*Singing the Blues*› ratterte weiter wie ein Verbrennungsmotor, den er in Bewegung gesetzt hatte. «...und in der Bucht entdeckte einer von den Männern diesen schwarzen Walfisch ...» – «Weißt du bestimmt, daß es kein weißer war?» fragte er. Er klimperte einen stümperhaften Break, fing sich und spielte weiter. «Nein, es war bestimmt ein schwarzer, Walfische sind nicht weiß, sondern schwarz.»

Er spielte jetzt mit wütender Ruhe ‹*Fierce Raged the Tempest O'er the Deep*›.

«Selbst der Käpt'n stand an Deck und rief ihn an:
Komm zurück und rette mich armen Mann.
Ich mach dich zum reichsten Nigger der Welt.
Aber Nigger feixt: in den Wind mit 'm Geld.
Dies eine Mal geht's ihm gut,
Denn er ist am Zug!»

«... und da haben sie dem Wal die Harpune in den Leib gerammt, und der Wal ist weitergeschwommen mitten auf den Eisberg drauf, und da war er tot, und sie haben ihn hochgehievt und längsseits festgebunden, und dann haben sie ihn eingesalzen und in die Fässer gepackt, bis nur noch die Knochen übrig waren.»

«Und der Eisberg?»

«Der war auseinandergebrochen, ganz kaputt.»

«Die Sonne geht unter, 's Wasser wird kühl,
Muß mich sputen, wenn ich nach Liverpool will ...»

«Paßt auf, Leute, seht mal alle her!» schrie Battle. «'dammt noch mal! Werd ihn hippnosieren! Ich werd dich hippnosieren!» Er stand auf, die Karten verstreuten sich am Boden.

«Spiel weiter, bitte, spiel weiter!» sagte Garry, und er spielte für ihn leise *‹Ase's Death›* als Ragtime, mit der rechten Hand im Baß.

«Paß auf, ich kann überall eine Geschichte erzählen, wo ich auch bin. Egal, wo sie mich hinstecken, sogar im Gefängnis. Sagst du dem Doktor, daß ich Geschichten erzählen kann?»

Battle und die anderen Neger scharten sich, mit den Ellbogen die anderen Patienten beiseite stoßend, um das Klavier. Mit einem beifallheischenden Blick auf Battle schlug Plantagenet vier rauhe Akkorde an – einen für Ase's Tod, einen für den Untergang der *Titanic*, einen für die *Pequod* und einen für den Wal, ob er nun weiß war oder schwarz. Battle beäugte ihn mit steinerner Miene. Plantagenet stimmte *‹Clarinet Marmalade›* an. Er fand, daß er ganz wundervoll spielte.

«Jetzt paß mal auf, du», forderte Battle, «wir woll'n jetzt 'nen Jitterbug – kannst du keinen Jitterbug?»

«Sehr hübsch», sagte Mr. Kalowsky aufmunternd. «Spielen Sie uns ein bißchen was Lustiges.»

Plötzlich stand der Schwachsinnige auf. «Du hast ja keine Ahnung, du Suffkopp», sagte er und gab ihm einen Stoß. «Laß mich ans Klavier.»

«Jawoll, du spielst uns 'nen Jitterbug», sagte Battle.

Plantagenet räumte den Stuhl für den Schwachsinnigen, der sofort zu spielen begann.

«Huh – hum! Di-dum!» grölten die Neger lachend und stampfend; die herumstehenden Patienten fielen krächzend ein: «Di-da-du wum-di-wum da dum!»

Battle begann im Takt der Musik zu signalisieren. «Mit der linken Hand zum E. Für M gehst'e nach F.»

Der bärtige kleine Mann kam vorüber und sagte laut zu sich selbst: «Das sind die Flaggensignale. Das machen sie bei den Pfadfindern.»

Plantagenet streckte seine zitternden Hände aus und betrachtete sie fasziniert, aber außer Garry und Mr. Kalowsky schien sich niemand dafür zu interessieren. Dann sah er, daß der Arzt ihm aus der offenen Tür seines Sprechzimmers winkte.

«Ihr guten Leute, kommt nur runter zu mir!
Grinst der Teufel und dreht an der Höllentür.
Er neckt, der Nigger kommt herein.
Sag mal, bist ja reichlich spät,
Doch sollst du mir willkommen sein!»

IX

«Kommen Sie rein», sagte Dr. Claggart ernst, während er ihn zuerst durch die Tür gehen ließ. Der Arzt im weißen Kittel schien den Raum mit Phantomen zu bevölkern. Ein elektrischer Ventilator summte vielstimmig monoton. «Nun», sagte Dr. Claggart, noch hinter ihm stehend. «Wie es scheint, können Sie nicht auf Staatskosten hierbleiben, da Sie Ausländer sind.»

«Ich – was?» Plantagenet blickte sich verwirrt um. Er konnte den Arzt zwischen den Phantomen nicht finden, denn das Weiße der Vorhänge, die in diesem Augenblick hereingeweht wurden, verschmolz mit dem Weiß seines Kittels. Kalte Luft wehte herein. Obgleich er noch über den Vorfall am Klavier nachsann und von der Hitze in Schweiß gebadet war, spürte er sie über den Rücken laufen.

«Und ich nehme nicht an, daß Sie fünf Dollar pro Tag bezahlen wollen, *um* hierbleiben zu können.»

Nebenan klapperte eine Schreibmaschine, dann hörte sie auf. Er fand den Arzt an seinem Schreibtisch und setzte sich ihm gegenüber.

«Ich habe veranlaßt, daß Sie diese Nacht noch hierbleiben können, aber morgen früh müssen Sie gehen.»

Ein Schweißtropfen fiel von Plantagenets Stirn auf seinen Zeh. Nach einem Weilchen sagte er: «Das geht alles zu schnell für mich. Ich möchte gerade jetzt noch nicht weg. Auch wenn ich natürlich gewußt habe, daß ich es könnte.»

«Ja. Es ist natürlich viel zu früh. Schade. Ich würde Ihnen gern helfen, wenn ich könnte – Sie sind ein interessanter Fall.»

«Ich wollte mit Ihnen über so vieles sprechen ...»

«Sie könnten damit anfangen, daß Sie mir Ihren richtigen Namen sagen. Erst sagten Sie Lawhill, und unter dem Namen führen wir Sie. Dann sagten Sie Plantagenet. Plantagenet!»

Der Mann im schmutzigen Bademantel starrte den Arzt stumm an. Sein Blick war leer.

«Können Sie sich nicht mehr erinnern? Oder wollen Sie nicht? Erst glaubten Sie, Sie wären ein Schiff, dann eine Jazzband, oder Sie spielten in einer Band, stimmt 's? ... Na ja, aufgelegt für einen Schnaps?»

«Mehr für Essen – ich habe gestern abend nichts bekommen, weil dieser ledergesichtige Giftzahn von Oberschwester ... entschuldigen Sie ...»

«Ich weiß – wir wissen Bescheid.»

«Finden Sie es entschuldbar?»

«Was finden Sie?»

«So eine Sache hat immer zwei Seiten, *nicht wahr, Herr Doktor*? Meine Seite sieht folgendermaßen aus. Um vier Uhr nachmittags wurden rund sechzehn von den sogenannten Verrückten in meiner – Verzeihung, *Ihrer* Station zum Baseballspielen aufs Dach geführt –, nun glauben Sie nicht, ich wüßte das nicht zu schätzen, ich schätze es genauso wie Hydrotherapie etcetera, der alte Mann, der unter der Nadeldusche um Gnade schreit, erinnert mich immer an Geschichten von George III – dann konnte man die Männer sehen, die draußen Sand siebten, und den Gummibaum, der die Atmosphäre im Umkleideraum wirklich zu *genießen* schien! – und auf dem Dach wehte ein starker, heißer Wind, und man hatte einen besonders hübschen Blick auf den Fluß, der funkelte wie – sagen wir, Glas ...»

«Was für ein Glas?»

«Nun, jedenfalls haben wir gespielt, und da einige absolut nicht laufen wollten, bin ich nie zum Schlag gekommen – auch wenn ich gewußt hätte, wie man dieses amerikanische Spiel spielt, was ich nicht weiß – aber es hat mir bestimmt soviel Spaß gemacht wie jenen Spielern, die bloß eine imaginäre Schau abgezogen und dabei die grauen Fäden aus ihren Bademänteln gezupft haben. Wie es auch sei, ich will darauf hinaus, daß wir in diesen Bademänteln auch schlafen müssen, obwohl ich zu der Zeit nicht daran dachte.»

«Vergessen Sie nicht: Sie sind in einem Städtischen Hospital.»

«Ja, gewiß ... Aber – da es außerdem schwierig ist, in unseren Leinenschuhen ohne Schnürsenkel zu spielen, gingen die meisten barfuß, und bei der Hitze und so wurden wir verdammt dreckig. Ich war auch sehr nervös, aber nicht so nervös, daß mir nicht auffiel, als die ganze Aufregung vorüber war und die verschwitzte Herde zurückgetrieben wurde, wie jeder Patient wieder in seine eigene Welt zurücksank, wie die beim Spiel aufgepeitschten Sinne rasch wieder abstumpften, bis zur Unempfindlichkeit. Es ist daher leicht verständlich, daß diese Leute sich der Routine des Hospitals fügen, daß sie tun, was man ihnen sagt – denn sie warten ja darauf, daß ihnen alles gesagt wird –, selbst wenn man ihnen gerade sagt, sie sollten sich nicht unterstehen, vor dem Abendessen zu duschen oder sich auch nur die Füße zu waschen wie die Jünger unseres Herrn.»

«Ist ihnen das gesagt worden?»

«Zwei mehr oder weniger normale Burschen, dieser alte paranoische Schwede und der andere, der vorigen Winter in einem Abflußrohr eingefroren war und jetzt immer denkt, er bricht auseinander – der Mann, dessen Namen Sie vergessen hatten – darüber wollte ich auch noch mit Ihnen sprechen – die brachten es fertig, sich in dem tadellosen Badezimmer neben dem Ausgang zum Dach etwas Wasser überzuschütten, während wir auf den Aufzug warteten; aber die Wärter haben sie rausgezerrt, bevor sie fertig waren. Sie haben sich an ihren Bademänteln abgetrocknet, in denen sie schlafen mußten – in denen wir alle schlafen mußten und noch schlafen müssen, hier, in diesem Bademantel – den hab ich gestern angehabt, und zweifellos werdet ihr uns alle darin begraben. Na ja, die anderen, auch ich, standen da schwitzend in der beispiellosen Hitze, derselben Hitze, die draußen in der normalen Welt, in dieser Stadt, 186 Menschen zur Strecke gebracht hat.»

«In der ‹sogenannten› normalen Welt, wollen Sie doch wohl sagen? Hier, nehmen Sie eine Zigarette.»

Er nahm die Zigarette mit zitternder Hand und fühlte den

Blick des Arztes auf sich. «Danke», sagte er langsam. «Sie sind gar nicht so übel, wissen Sie, aber ...» Er inhalierte tief, und das Zimmer, das Weiße, begann sich grell gezackt um ihn herum zu drehen; er schloß einen Augenblick die Augen: wo war er? Was wollte er sagen? «O ja. Als wir in unser Stockwerk zurückkamen, saßen die anderen, die nicht gespielt hatten, schon beim Abendessen. Vier oder fünf von uns, darunter Garry und – ob Sie's glauben oder nicht – Battle, der einmal Schiffsheizer war und sich noch an relativ saubere Zeiten erinnert – wollten ins Badezimmer, aber sie wurden von der Dame Ledrig oder wie sie heißt zurückgezerrt, dieser paranoischen Oberschwester, die ich noch nie, nie habe lächeln sehen – nur wenn sie mit Ihnen spricht, lieber Herr Doktor.»

«Sie tut ihr Bestes.»

«Sie erinnert mich an mein altes Kindermädchen, die erste, die ich je hatte, die ist auch in einer Anstalt geendet; sie hat mich mit Dornenruten geschlagen, als ich fünf Jahre alt war ...»

«Da haben Sie gerade schön aus der Schule geplaudert.»

«... und ich fragte den Pfleger – ein ganz netter Typ, verdient sich sein Fahrgeld durch Blutspenden, der arme Teufel –, ob ich mich waschen könnte. Er nickte, sagte aber, ich solle mich beeilen ... Dann, als ich mich gerade beeilen wollte ...»

«Moment mal: Sie haben gesagt, die anderen wurden zurückgezerrt und wehrten sich nicht, mit anderen Worten: sie akzeptierten es, aber Sie wollten das nicht. Das ist eine der Sachen, die ich gerne ergründen würde, Lawhill ...»

«Nennen Sie mich nicht ... Die *Lawhill* war ein Windjammer, der mehr Katastrophen überlebt hat als irgendein Schiff auf See.»

«Oh? Das ist interessant.» Er machte sich eine Notiz. «Es

mag lästig gewesen sein, aber Sie hätten sich fügen können wie die anderen ...»

«... Kurzum, da sagte die Schwester: ‹Kommen Sie zurück. Wenn Sie sich waschen, kriegen Sie kein Abendessen.› Ich sagte: ‹Na schön. Zum Teufel mit dem Abendessen›, und ...»

«Das haben Sie eigentlich Ihr ganzes Leben lang gesagt.»

«Ich lief ins Badezimmer und planschte mir das Gesicht ab, aber ich hatte nichts zum Abtrocknen. Da ging ich zu meinem Bett und trocknete mich mit dem Bettuch ab, und plötzlich stand die Dame Ledrig feuerspeiend vor mir.»

«Und was hat die Dame Ledrig, wie Sie sie nennen, zu Ihnen gesagt?»

«Sie hat gesagt: ‹Ihr Betragen wird unverzüglich im Büro gemeldet. Sie werden das noch bezahlen. Sie sind nur ein eingebildeter Engländer, ein Trunkenbold aus der Gosse, der sich wer weiß was dünkt, und so weiter und so fort.› Sie sagte, später müsse eine Inspektion stattfinden, und ‹Wissen Sie nicht, daß in einem Hospital alles sauber *aussehen* muß? *Sie werden hierfür büßen.*› Ich sagte, das Bettuch sei nicht schlechter als vorher, sie sind sowieso alle schmutzig.»

«Ja», sagte Dr. Claggart. «Das sind sie wohl leider. Wir sind in einem Städtischen Hospital.» Die Klingel auf seinem Schreibtisch summte, und er stand auf und ging, eine weiße Erscheinung, hinaus.

Plantagenet trat an das Fenster hinter Claggarts Schreibtisch. Der gläserne Turm, dachte er. Er zog den Vorhang auf und blickte hinaus auf das Hospital, auf die leeren hohen Fenster des gegenüberliegenden Flügels, durch die er neulich vormittags zugesehen hatte, wie im Nordlicht gleichzeitig vier Operationen gemacht wurden. Dann blickte er über die Gebäude hinweg auf die Stadt, wo die Kneipen waren.

Der Arzt kam zurück und sah nach der Uhr. «Entschuldigen Sie», sagte er, «was sagten Sie gerade?»

«Ich weiß nicht mehr. Vermutlich habe ich von Katzenjammer geredet, von Alpträumen ...» Er sah hinaus über die nervöse Riesenstadt, über der das letzte Reklameluftschiff des Tages eine Anzeige der Goodyear-Reifen hinter sich herzog, während hoch darüber in schon abnehmender, aber noch immer gnadenloser Sonnenglut aus dem Nachstrom eines unsichtbaren Flugzeugs ein Wort sich entrollte: *Wut*. Er fürchtete sich. Er fürchtete sich, den Arzt zu verlassen und auf die Station zurückzugehen. Er fürchtete sich – «Die Alpträume», sagte er abrupt. «Hier – sehen Sie New York? Da sind sie. Da draußen warten sie – die Greuel des Kriegs – die Alpträume alle – schon – und das ganze Delirium, wie Wilde, wie Christi Höllenfahrt. Und das fühlbare Gewissen, die einsame Seele, die federlos in den Abgrund stürzt! Sie wissen wahrscheinlich nicht, wovon ich rede.»

«Oh?»

«Aber vermutlich sind Sie selbst unterbezahlt und entsetzlich überarbeitet. Ich weiß, die Schwestern sind es auch, vielleicht sogar Mrs. Ledrig. Zwölfstundenschichten, 65 Stunden die Woche für siebzehn oder fünfzehn Dollar oder noch weniger, und keine freien Tage und immer in Angst vor der Kündigung. Der ganze Samariter-Quatsch ... Und die Praktikanten, ohne Versicherung, ohne Gehalt, müssen sich schinden und ihr Blut verkaufen. Aber Sie – Sie sind genauso resigniert wie Ihre armseligen Patienten, und Sie nehmen das nicht nur hin, sondern versuchen mit Ihrer Behandlung hartnäckig, sie wieder brauchbar zu machen für das System – denn das muß bestehen bleiben, mag auch die Welt untergehen –, so wie man sich vorstellen könnte, daß verwundete Soldaten zusammengeflickt und wieder in den Kampf geschickt werden – und zwar von Chirurgen, die selber kaputt sind – ja, kaputt, wie Garry sagen würde.»

«Es ist natürlich unvermeidlich, daß Sie so sprechen. Aber ich muß sagen, die meisten Patienten – jedenfalls auf dieser Station – sind von draußen an ein viel schlimmeres Leben gewöhnt.»

«Aber Herrschaft noch mal, Doktor, hier sind die Leute, die Patienten, resigniert, resigniert! Können Sie nicht sehen, wie schrecklich, wie grauenhaft es ist, wenn der Mensch sich klaglos in seinen eigenen Verfall fügt? Denn viele, die hier als verrückt gelten – im Gegensatz zu den Trinkern –, sind einfach Leute, die einmal, wenn auch verworren, die Notwendigkeit erkannt haben, sich zu ändern, die Notwendigkeit einer *Wiedergeburt*, das ist das Wort.»

«Wenn Sie damit sich selbst meinen, ist das alles sehr hilfreich. Wenn nicht, dann glaube ich nicht, daß Sie die Tatsachen im Griff haben.»

«Hören Sie, Doktor, nehmen Sie zum Beispiel Battle. Battle, der vier Wachen hintereinander schieben konnte und der dem zweiten Maschinisten, weil er ihn schikanierte, die Zähne ausgeschlagen hat, der ist so ein Fall. Sie haben einen Fachausdruck für ungelenkte Energie – Hyperaktivität oder so ähnlich. Aber merken Sie denn nicht, daß seine Hyperaktivität jetzt, wo Sie ihn zur Resignation gebracht haben – wo er sich hier wohl fühlt, weil er überhaupt keine Verantwortung hat –, daß seine Hyperaktivität *nichts als* Hyperaktivität ist. Wenn Sie sähen, wie er mit sich selbst Whist spielt, alle vier Spieler zugleich, würden Sie wissen, was ich meine. All diese herrliche Kraft verschwendet. Natürlich würde er jetzt keiner Fliege was tun, er hat an seinem Verfall Gefallen gefunden.»

«Dann dieser arme alte Mann, Kalowsky. Er ist nicht verrückt. Ich bin lange genug hier, um das zu erkennen. Im

Grunde ist die Tragödie jetzt die einzige Gefährtin meiner Seele. Und dann Garry!»

«Sie scheinen das Wort Tragödie sehr zu lieben. Und Verfall. Und Tod. Probieren Sie's doch mal mit einem anderen.»

«*‹Abominable prurigo d'idiotisme, tel est l'esprit de la population!›*»

«Dummes Zeug!»

«Mein Gott, Doktor, dieses Kind an diesem Ort hier! Daß man Sieche und Lahme, Blinde und Taube, Verrückte und Kranke, Lebendige und Tote alle in einem dreckigen Raum zusammensperrt, ist schlimm genug, aber dazu kommt noch, daß man ihnen nur ein Handtuch gibt, und das ist nicht einmal ein Handtuch, sondern ein Bettlaken – ja, einfach ein schäbiges Laken – daran soll man sich abtrocknen bei den seltenen Gelegenheiten, wo man naß sein darf – ich will gar nicht davon reden, daß mindestens die Hälfte von ihnen Syphilis zu haben glaubt und wahrscheinlich hat – ja, und dann einen Trinkbecher für uns alle – das genügt, um den alten Wassermann auf die Palme zu bringen, was?»

«Sehen Sie, Lawhill, es ist ein Städtisches Hospital, und ...»

«Haben Sie sich mal selber entlaust, Herr Doktor? Die Läuse ans Licht gehalten und gesehen, wie sie ihre Beinchen schwenken? Das versetzt einem direkt einen Schlag, bis in die Haarwurzeln. Schlaue kleine Biester. Aber nichts Ernstes. Nicht so ernst wie in Suez. Oder in Singapur.»

«Wann waren Sie in Singapur?»

«Läuse! Mit akademischer Bildung. Wissen Sie, womit man bei der Feuerwehr die Messingdüsen putzt? Das nimmt man, um sie loszuwerden. Ein Metallputzmittel. Dann ist nämlich keine Haut mehr da, die sie fressen können ...»

«Wann waren Sie in ...»

«Suez? Die haben ihr Teil gekriegt. Und in Singapur. Nein, in Kowloon. Jesus! Wir haben jeden Scheißkerl erschossen, der uns in den Weg kam, ob er unschuldig war oder nicht ... Sie haben ihm durch das Rektum geschossen, die Kugel hat aber das Gehirn rausgejagt... Was sage ich da...» Das Weiße, grell, gezackt, drehte sich im Kreise, schmolz zu einem glitzernden Punkt und verschwand in alles umhüllender Schwärze.

«Vorsicht, immer mit der Ruhe! Halten Sie den Kopf nach unten.»

«Schon gut, ich werde nicht ohnmächtig.» Er richtete sich auf, und der Arzt ging zu seinem Stuhl zurück. «Und welchen Grund, um alles auf der Welt», hörte er sich plötzlich mit lauter Stimme sagen, «oder welchen Sinn hat es, daß man die Leute den ganzen Tag von sechs Uhr morgens bis Gott weiß wann in der Nacht herumlaufen läßt? Daß sie sich nicht einmal hinlegen dürfen? Neulich bin ich wirklich ohnmächtig geworden in Ihrer Folterkammer.»

«Sie können dem Wärter sagen, daß ich Ihnen erlaubt habe, sich hinzulegen.»

«Ich gehe morgen weg. Und die anderen armen Teufel müssen sowieso herumlaufen; na schön, dann laufe ich auch.»

«Wir glauben, daß es manchen Leuten guttut.»

«Sehr wahrscheinlich. Besonders den Alkoholikern. Aber der Lärm, der *Lärm*?»

«Das hat mit Ihrem Nervenzustand zu tun, Lawhill – oder Plantagenet. Ihr peripheres Nervensystem ...»

«Ich weiß, Sie meinen's gut, Doktor. Aber eins muß ich Ihnen erzählen. Ein Mann in meinem Saal – der mit dem Abflußrohr –, der ist seit Monaten hier, und die ganze Zeit bildet er sich ein, daß Sie an seinem Fall arbeiten oder ihn zumindest *kennen*. Er erwartet von Ihnen, daß Sie eine Lösung finden. Sie waren monatelang der einzige Stern in seinem Leben, seine einzige, letzte Hoffnung. Und neulich, nach dieser langen Zeit, sind Sie zu ihm gekommen, haben ihm freundlich auf den Rücken geklopft und gefragt: ‹Wie heißen Sie? Wo fehlt's denn?›»

Dr. Claggart sah ihn bestürzt an und schüttelte langsam den Kopf. «Das – das tut mir wirklich leid. Ich muß mich darum kümmern.» Er machte sich eine Notiz und blickte wieder auf. «Glauben Sie, daß Sie jetzt über Ihre eigenen Probleme sprechen können?» fragte er behutsam.

«Um Gottes willen, sehen Sie mich nicht so intensiv an ... es tut mir leid.»

«Mir auch. Ich wollte, wir könnten in einer besseren Weise an die Sache herangehen, und es gibt eine bessere Weise, aber Sie wissen ja, wie überbesetzt wir sind, und jetzt ist keine Zeit dafür.» Dr. Claggart seufzte tief und rutschte in seinem Stuhl hin und her. «Aber wissen Sie, Lawhill, es gibt hier wenige, mit denen ich so frei sprechen kann wie mit Ihnen. Sie haben eine gewisse Bildung, die müssen Sie sich *irgendwo* angeeignet haben.»

«Müssen Sie mich denn immer so ansehen, als hätten Sie ein Skalpell in der Hand, um meine Gedanken bloßzulegen?»

«Sprechen Sie weiter ...»

«... Entschuldigen Sie. Ich bin nur ein Passagier auf diesem Schiff. Bei den anderen, bei Garry und Mr. Kalowsky, ist es bitterernst. Sie sind die Mannschaft. Kalowsky ist beschimpft, herumgestoßen, verfolgt worden. Er hat keine richtige Lesebrille. Mit seinem hohen Blutdruck gehört er in ein Sanatorium, nicht hierher. Das ist einfach ein armer alter Kerl, er ist nicht verrückt.»

«Sein Bruder dachte anders darüber», sagte Dr. Claggart.

«Sein Bruder hat ihn hergebracht, weil er ständig Leute bedroht und den Gashahn aufgedreht hat.»

Er schwieg. Kaltes Entsetzen überkam ihn, über seinen Freund so sprechen zu hören. «Ich glaube, da steckt eine Intrige dahinter», sagte er schließlich. «Ich glaube, sein Bruder wollte ihn nur loswerden, weil er Geld kostet und ihnen zur Last fällt. Ich glaube nicht, daß er jemals jemanden umzubringen drohte. Er ist krank, verdammt noch mal! Er wird nicht mehr lange leben, hier bestimmt nicht. Können Sie ihn nicht in Frieden in einem sauberen Bett sterben lassen?»

«Er kommt in ein Sanatorium, sobald es sich machen läßt. Sie können ihm das sagen, wenn Sie wollen. Wir sind ja keine Unmenschen.»

«Na, Gott sei Dank. Und ich danke *Ihnen*, Doktor.» Dann, nach einem zu langen Schweigen: «Und Garry? Gibt's auch für ihn Hoffnung?»

«Das hängt davon ab, was Sie Hoffnung nennen.» Der Arzt riß die Augen weit auf. «Alle haben ihn gern, klar, aber Sie wissen ja, was er getan hat, und Sie haben wahrscheinlich die Sache mit seinem Vater gehört. Garry ist ein Grenzfall, das ist Ihnen doch sicher klar? Er kann nicht erwachsen werden. Wissen Sie, daß der Junge bald fünfzehn ist? Wenn Sie sich von ihm Geschichten erzählen lassen, ermutigen Sie ihn nur dazu, in seiner Traumwelt zu bleiben, wirklich. Wenn Sie hierbleiben würden, müßten wir Sie beide trennen.»

Er fühlte sich den Tränen nahe; der Schmerz über den Vorfall am Klavier war in ihm noch nicht verklungen, er war dem Schmerz um eine in den Schmutz gezerrte Schöpfung ähnlich, nur daß er ihn jetzt für Garry empfand. «Herrgott!» sagte er; das Sprechen fiel ihm schwer. Es war ihm unmöglich, dem gesunden, freundlichen Blick des Arztes zu begegnen. Von seiner Zigarette fiel Asche auf den Fußboden. «Herrgott», wiederholte er leise. «Er erzählt mir gern Geschichten, und manche davon sind gut auf eine kuriose Art. Haben Sie mal darüber nachgedacht, daß sie alle von Katastrophen handeln? Vielleicht ist es eine Art Prophezeiung. Vielleicht? Ich weiß es. Ich habe das alles tausendmal im Traum gesehen, und wenn es eintrifft, wird es mich langweilen. Garry sieht nicht nur sich selbst von Unglück umgeben, sondern das Hospital, das Land, die ganze Welt ... Ich weiß nicht, es ist komisch, daß die Menschen immer etwas hervorbringen wollen und es auch tun, trotz allem – trotz Ordnung und trotz Chaos.» Der Arzt schien ihn unterbrechen zu wollen, er klopfte mit dem Bleistift auf den Schreibtisch. Die Schreibmaschine klapperte weiter. «Hören Sie, diese Geschichten haben die Form von primitiven Fabeln oder Kindergeschichten.»

«Aber begreifen Sie denn nicht, daß wir ihn gerade von diesen Dingen wegbringen wollen? Sein Problem ist, aus dieser Traumwelt herauszukommen.»

«War er in einer Traumwelt, als er Baseball spielte? Er ist ein sensibles Kind, hier bringt man ihn langsam um. Er möchte nichts als raus und in der Sonne angeln. Herrgott! Das beschäftigt mich so, als wäre ich sein Vater ... Ich finde es auch sonderbar, daß ich den ganzen Weg von England kommen mußte bis in dieses Irrenhaus, um zwei Menschen zu finden, an denen mir wirklich etwas liegt.»

«Gar nicht; da Sie unter abnormen Verhältnissen leben, ist das absolut natürlich.»

«Sehen Sie mal, ich habe hier ein paar von seinen Geschichten aufgeschrieben. Wenn Sie nur zuhören wollten.»

«Alle Geschichten, die Sie aufgeschrieben haben, sind schon gelesen worden. Alles, was die Patienten schreiben, wird gelesen.»

«Sie wissen nicht, wieviel Seelenqual sie verraten. Und

selbst wenn Sie's wüßten – Sie sind ungefähr so befugt, über den schöpferischen Vorgang zu sprechen, wie ich über Polychromasie oder Megaloblasten.»

«Sie verschwenden Ihre Zeit, und meine.»

«Passen Sie auf: Wenn Sie das läsen, würde Ihnen als erstes der merkwürdige Symbolismus auffallen, und wenn Sie je französische Lyrik gelesen hätten – oder überhaupt irgendwelche Lyrik –, dann würden Sie feststellen, daß sein Verfahren der Selektion eine gewisse Ähnlichkeit mit – sagen wir, mit Rimbaud hat, um ein naheliegendes Beispiel zu nehmen ... Wälder, *soleils*, Flüsse, *savanes*. Sehen Sie nicht, daß es dieselbe Art von Dingen ist? *Mêlant aux fleurs des yeux de panthères* – usw. Und all seine Geschichten handeln von zusammenbrechenden, zerfallenden Dingen. Sehen Sie nicht, daß unter all diesen Trümmern seine Sehnsucht nach Freiheit begraben ist?»

«Seine? Oder Ihre?»

«Es umfaßt die ganze *Welt* – muß ich es Ihnen ins Ohr schreien? – dieses Gefühl von Verfall, die Notwendigkeit, die Vergangenheit in die Luft zu sprengen, das Gefühl von *vertige*; von *industriels, princes, sénats; périssez! ... Puissance, justice, histoire! à bas. Ah passez, républiques de ce monde! Des empereurs, des régiments, des* – ich hab den Faden verloren – *des peuples, assez!* ... Selbstredend ist in Rimbauds Gedicht der Ausdruck natürlich, während er bei Garry entartet ist, wie schon gesagt: ohne Nahrung. Aber der Drang, sich auszudrücken, ist gleich stark vorhanden.»

«Sprechen Sie von Garry oder von sich selbst?»

«Ich spreche von Garry. Um Himmels willen, so ein Junge hat keine Hoffnung, keinen Hintergrund, keine Bücher, keine Schulbildung, und wahrscheinlich ist er auch gar nicht in der Lage, sich von solch leicht erhältlichen und allgemein zugänglichen Werken anregen zu lassen wie dem *‹Pentateuch›*, der *‹Offenbarung des Johannes›* und dem *‹Hohenlied›*. Sehen Sie nicht, was er tut? Er drückt auf primitive Weise ...»

«Allerdings.»

«... und in Symbolen aus, was ein reiferer Künstler komplizierter und gebildeter, aber immer noch in Symbolen, ausdrückt, mag er sich auch der *Realität*, den Konflikten des eigenen Lebens, noch so nah wähnen. Garry hat sich den Tarzan des Comic strips zum Vorbild genommen, weil er nichts anderes kennt. Wenn man Garry nur eine Chance geben würde zu lesen, zu lernen, zu leben!»

«Wollten Sie jemals Schriftsteller werden?»

«Nein. Aber wenn es Ihnen wirklich um Garrys Anpassung an die von Ihnen akzeptierte Gesellschaft geht, sollten Sie sich wohl zuerst klarmachen, daß er bei richtigem Training aus dieser Traumwelt heraus zum Akzeptieren der anderen, von Ihnen so geschätzten Welt gelangen könnte – gleichgültig, ob er je von der zweiten in die dritte Schulklasse versetzt wird oder den Unterschied zwischen einem gleichschenkligen Dreieck und r Quadrat pi kennt oder Flaschen wirft oder lediglich aus ihnen trinkt wie ich. Ich – ach, zum Teufel!»

«2342, Dr. Claggart, bitte; 2342, Dr. Claggart, bitte; 2342, Dr. Claggart, bitte ...»

«Entschuldigen Sie mich einen Augenblick. Hallo ... Am Apparat. Ja ... Ja ... Könnten Sie später noch einmal anrufen? Ja? Okay. Wiedersehn ... Also, Lawhill?»

«Ich habe die Absicht, nicht nur das Trinken, sondern die Welt überhaupt aufzugeben.» Plantagenet starrte aus dem Fenster. «Am liebsten würde ich mir wohl ein Pferd kaufen und einen Zweisitzer dazu und durch Irland fahren, mit Holz hausieren und mit einem bimmelnden Glöckchen langsam durch den weißen Staub des Abends streunen. Oder ich möchte immer und ewig im Regen gehen und einfach nur nässer und nässer werden ...»

«Ach, diese schlichten Herzen! Entschuldigen Sie mich einen Augenblick. Guten Abend, Schwester.»

«Dieser Schwachsinnige mit dem langen blonden Haar, Sie wissen schon», kicherte die Schwester. «Der wollte mir absolut einreden, meine Schenkel wären die Träger eines neuen Wolkenkratzers, der in der Stadt hochgeht.»

«Nicht die Hoffnung verlieren, Maggie. Vielleicht haben Sie eine Eroberung gemacht. Wollten Sie etwas?»

«Nichts Besonderes. Ich wußte nicht, daß Sie zu tun haben.» An der Tür blieb sie kichernd stehen. «Sie können mir jederzeit eine Station mit Einzelzellen geben. Da sind immer die Durchtriebensten.»

«Plantagenet, darf ich mal sehen, was Sie aufgeschrieben haben, während die Schwester hier war?»

«Nicht Ihr therapeutisches Gespräch, falls Sie das meinen.»

«Geben Sie's lieber her. Ich kann nicht zulassen, daß Sie Notizen über uns machen.»

«Bitte sehr. Es ist ganz einfach.»

Maison de Pendu. Für Billy Budd.
ein Haus, wo einer sich untergebracht hat.
ein Haus, wo einer sich umgebracht hat.

«Sie glauben also, das hätte keine Bedeutung.»

«Wenigstens als Gedicht. Es ging mir einfach durch den Kopf, ich habe es nicht geschrieben. Und ich habe vergessen, von wem es ist.»

Dr. Claggart warf einen Blick auf seine Armbanduhr und

nahm einige Papiere aus seiner Schublade. «Sie haben bei der Aufnahme zu mir gesagt – einen Moment, ich muß es gleich haben –, Sie haben gesagt: ‹Trinken ist nicht das Problem.› Und …» Er blätterte in den Papieren …

«Die Rückkehr zum Präsexuellen läßt das Bedürfnis, ernährt zu werden, wiederaufleben.»

«Habe ich das gesagt? Ich muß betrunken gewesen sein. Aber Trinken ist nicht mein Problem.»

«Das sagten Sie schon. Was dann?»

«Ah, aber erinnern Sie sich doch: ‹Der Weg der Ausschweifung führt zum Palast der Weisheit.›»

Der Arzt hätte beinahe gelacht. «Palast der Weisheit, heh? Das werde ich mir merken. Da sind Sie ja!»

«Aber mein Gott, das ist ja das Grauenhafte! … Und alles wartet da auf mich: die Gespenster auf dem Fensterladen, der scharlachrote Schneeschuh, das Geflüster verpaßter Gelegenheiten und alle Wut und Angst und Reue, die Stimmen, Stimmen, Stimmen, Stimmen; die Puppe, die sich in Ruth verwandelt, die Backsteinfassaden, Brandsteinfassaden, die zu Richtern werden, die endlosen, hilfreichen, aber leider nicht existenten Gespräche, in denen ein Fall durchgewalkt und eine Lösung angedeutet wird, ein Ausweg in Morgenlicht und Freiheit, ein Vorposten zwischen einem selbst und dem Tod … aber wenn es Morgen wird, ist nur der Tod da, und der Morgen ist Mitternacht, und man selbst ist vergessen, nur der Abgrund ist da … Weder Weib noch Mann noch Tier schlich das Grauen durch die glockentönende Finsternis der Todes-Avenue und warf mit Händen, die keine Hände waren, einen Brief in den Kasten …» Er brach ab. Was stand in diesem schrecklichen Brief? Wie lautete die Adresse auf dem Umschlag? Für wen war er? War er für ihn?

«… sehen Sie eine Ähnlichkeit zwischen der Alptraumwelt, in die Sie sich geflüchtet haben, und der Traumwelt, in der Garry lebt?» hörte er den Arzt fragen.

«Ich – nun, ich ...»

«Ich könnte mir denken, daß Ihre Freundschaft mit Garry eine Art Ersatz für das Trinken ist.»

«Na ja, guter Gott, ist nicht jede Entziehungskur eine Art Ersatz für das Trinken?» Er merkte verblüfft, daß der Arzt hinter ihm stand, und schüttelte heftig den Kopf.

«Wie kommt es, daß Sie diese Dinge behalten und doch vergessen – oder angeblich vergessen – haben, wer Sie sind? Warum haben Sie uns nie etwas Konkretes über sich erzählt? Warum haben Sie geglaubt – oder angeblich geglaubt –, Sie wären ein Schiff? ... Und wenn Sie sich erinnern können – warum haben Sie dann den Anfall von Geistesstörung simuliert? Falls er simuliert war.»

«Nun – ich kann Ihnen sagen, dieser schmerzliche Gedächtnisverlust – jemand hat gesagt, es wäre wie Regen, und der hatte ziemlich viel davon behalten – ist die Umkehrung des Versuchs, sich darauf zu besinnen, was in der Nacht passiert ist, in der man wirklich betrunken war.»

«So, haben Sie das mal erlebt?»

«Nun, Doktor, bis zu einem bestimmten Punkt erinnert man sich an alles aus diesem Gespräch über Chagall oder Horoshige oder die loxodromische Kurve oder die Marineinfanterie; von da an ist alles ausgelöscht, und die Zukunft dröhnt Unheil, und für die Vergangenheit bleibt nur noch Reue, und die ist eine romantische Leidenschaft ... Aber sehen Sie, ich besinne mich gut auf die *letzten* paar Tage, bevor ich herkam, und da habe ich mächtig getrunken. Ich erinnere mich an jede Bewegung, jedes langsame Torkeln, jedes Lokal, wo ich zehn Cent schuldig blieb, jedes böse, jedes heitere Gesicht. Aufschriften an Mauern, Namen von Kneipen, Gespräche über

Baseball oder weiß der Himmel. Jeder Mensch, der mir begegnet ist, ob paralytisch oder nicht, ist mit der Klarheit eines Dürer in mein Gedächtnis eingeätzt. Nur davor, vor dieser Zeit, ist die Erinnerung ein Abgrund, etwas wie ein Blick zurück in die Zeit vor der Geburt.»

«Wissen Sie denn genau, daß Sie nie Schriftsteller werden wollten?»

«Lieber wäre ich Rosinenpicker geworden oder Kanalrutscher oder einer, der auf dem Bahnhof unter die Züge kriecht und aufpaßt, daß niemand die Toilette benutzt.»

«Aber ‹die Rückkehr zum Präsexuellen läßt das Bedürfnis, ernährt zu werden, wieder aufleben›, nicht wahr, Lawhill?»

«Was wollen Sie von mir hören? Soll ich sagen, daß ich mich erinnere, es gesagt zu haben? Sagen, daß dies das Ende meiner Nachtfahrt übers Meer ist?»

Der Arzt stand jetzt vor ihm und sah auf seine Uhr. «Es tut mir wirklich leid», sagte er liebenswürdig, «daß wir nicht mehr Zeit haben.» Er streckte lächelnd die Hand hin. «Es ist bestimmt eine ungewöhnliche Art, Amerika kennenzulernen.»

X

Der Wind!

Er schien reinlich von den vier Ecken der Erde her zu wehen. Dann hörte er auf. Waren das fallende Blätter oder Regentropfen? Ein geädertes Blatt trieb vorüber, dann tote Blüten, knospengleich. Er stand vor Claggarts Sprechzimmer in dem jetzt leeren Anbau, die Fenstervorhänge waren zurückgezogen, so daß man die Gitter sah. Er starrte neugierig auf die Leute, die unten im Park schliefen; daß diese Leute sich zufrieden immer noch in einem Tag aus dem achtzehnten Jahrhundert wähnten und, obwohl die Sonne sich schon verdunkelte, noch nichts von dem herannahenden Sturm ahnten, während er durch die Gitter eines Irrenhauses – eines Gefängnisses, dem er sich auf subtile Weise entzogen hatte – auf sie hinabblicken und die Sintflut unausweichlich näherkommen sehen konnte, gab ihm ein eigentümliches Gefühl von Allwissenheit, von schicksalhafter, prophetischer Macht. Er ging zwei Schritte auf den Krankensaal zu, dann überlegte er sich's anders und ging die zwei Schritte wieder zurück zum Fenster. Er brachte es nicht über sich, zu Mr. Kalowsky und Garry zu gehen.

Die Szene unter ihm war so außerordentlich klar, als wäre jeder Gegenstand ein Teil seines Bewußtseins. Seltsam, er hatte bisher gar nicht bemerkt, daß es diesen Park hier gab. Wie hübsch er war! Das Gefühl von Sturm teilte sich ihm mit; er atmete tief – da draußen war das Leben, mit all seiner unendlich schmerzlichen Schärfe. Aus einem Kinderspringbrunnen stieg ein Regenbogen empor, ein entfächerter Pfauenschweif von Wasser, dessen Kühle man fast zu fühlen meinte, und einen Augenblick verband er diese Kühle mit dem Regen, der irgendwo schon niederging, und etwas wie eine Hoffnung flackerte in ihm auf, nicht auf irgend etwas Besonderes, vielleicht einfach auf die Hoffnung selbst. Aber der Regenbogen kam natürlich vom Springbrunnen, nicht vom Regen; seine Hoffnung war eine künstliche, eine Scheinhoffnung. Wenn der Regen dann wirklich kam und die Dürre löschte, würde die Sonne untergegangen sein, so wie es auch geschehen konnte, daß ein Mensch, zu dem der Wahnsinn kam, es dann nicht mehr als Erleichterung spüren würde.

Es donnerte; die Schläfer, die da unten gelegen hatten – wie

Tote, die eine Weile in einer grünen Nische des Paradieses ausruhen, dachte er, oder in einem Niemandsland zwischen zwei Welten von Licht und Dunkel –, begannen sich zu regen, zu strecken. Die Blätter und Knospen fielen nun schneller, fielen senkrecht wie Regen, und jetzt, in der zunehmenden Dunkelheit, waren sie wie Geister von Blättern oder Knospen oder wie echter Regen. Die Rufe der Kinder klangen plötzlich dringlicher; eine Taube schwirrte in silbriger Panik auf und beschrieb eine kurze Parabel; ein Blatt drehte sich, ein anderes flatterte in Spiralen abwärts, Eichhörnchen stoben auseinander. Wieder ging er zwei Schritte auf den Krankensaal zu, wieder kehrte er zum Fenster zurück. Während er diese regengleichen gelben Knospen oder kleinen Blüten betrachtete, erfüllte ihn wieder seine alte, hartnäckige Trauer, und jetzt die Trauer um seine beiden Freunde. Das Kindergeschrei, die fallenden Blätter, die Liebenden, die jetzt lachend, die Arme umeinander gelegt, nach einem Unterschlupf liefen – was hatte das alles mit ihrem beschädigten Leben zu tun? Selbst die gespaltenen Bäume, die sich in die Dämmerung reckten und jetzt im Heliotropschein der Blitze aufleuchteten, fühlten ihre Wurzeln noch immer in der zuverlässigen Erde und ihre Kronen im Himmel; sie konnten wenigstens, gemäß der besonderen Wirklichkeit ihres Daseins, miteinander sprechen, sie spürten, wohin sie gingen oder was sie geworden waren, und wenn ihre Blätter fielen, wußten sie auch, daß es so sein mußte, daß es richtig war. Jetzt nickten ihre Zweige, die namenlosen Bäume nickten einander zu; er konnte das Rauschen der Blätter oder des auf die Blätter fallenden Wassers hören. Auch die am tiefsten geschlafen hatten, waren erwacht und zogen die Jacken um sich.

Allein ein zerlumpter Mann saß regungslos unter einem Baum und sah zu, als kennte er den Sturm so, wie die Bäume ihn kannten; Plantagenet fragte sich, ob er je zu denen gehört habe, denen ein verlorener Augenblick des Sturms gleichbedeutend war mit einem verlorenen Augenblick mit Gott. Hoch über ihm lehnte ein junges Mädchen mit weißem Kragen unter einem blauen Sonnenrouleau, das sich plötzlich wie ein Segel blähte. Tief unten trieben die Blätter zu dem einzelnen Mann hin, als sähe man von einem Berggipfel aus eine Armee über die Ebene vorrücken.

Dieser einsame Mann, dieses junge Mädchen – vielleicht waren gerade diese beiden dazu bestimmt, eines Tages seine Freunde aus der Gefangenschaft zu führen? Vielleicht, er würde es nie erfahren.

Dann brach das Abendgewitter ernsthaft los. Tausend gestreifte Sonnenrouleaus tanzten in der Luft; durch das trunkene Rigaudon der Regentropfen, durch den schwarzen Park glitten leuchtend weiße Matrosen.

Er ging an ein anderes Fenster, von wo er den Fluß sehen konnte: der funkelte jetzt wie Ingwerbier und brodelte von Millionen Zechinen. Eine Windstille trat ein. Der Regen ließ nach, nur ein paar große Tropfen fielen noch; der Fluß strömte eilig unter dem tiefhängenden Himmel dahin. Während er hinunterblickte, überkam ihn ein köstliches Freiheitsgefühl, als wäre er schon draußen und frei, als könnte er mit dem Wind laufen, wenn er wollte, so weit weg vom Hospital rennen, wie es ihm beliebte. Doch die Gitter waren noch da, und sie glichen den Gittern seines Geistes, die der Grund seines Hierseins aufgerichtet hatte. Noch war er ihnen nicht entronnen, und er würde ihnen auch nicht einfach dadurch entrinnen, daß er dieses Haus verließ. Seine Gedanken trieben mit dem regengeschwollenen Fluß vorüber, aber auch sie entrannen nicht, sie zogen sich immer wieder auf den Punkt zusammen, von dem aus er beobachtete, auf das Hospital selbst.

Und er begriff dunkel, daß es stimmte, was er zu dem Arzt über Garry gesagt hatte: der Junge war ein Teil seiner selbst geworden, genau wie Mr. Kalowsky, ein Teil des schattenhaften Sinnes seines Schicksals. Er drückte das Gesicht gegen die Gitterstäbe ... *à fuir, là-bas*!

Wo waren all die guten, redlichen Schiffe heute abend, fragte er sich, die in alle Welt hinausfuhren? Er hatte in letzter Zeit den Eindruck, daß sie seltener vorbeikamen. Nur Nachtmahrschiffe blieben auf diesem Strom zurück. Während er den seltsamen Schiffsverkehr beobachtete, hatte er plötzlich die Vorstellung, der East River wäre ebenso wahnsinnig, ebenso von Geistern heimgesucht wie die Gehirne, die über ihn nachgrübelten; es war ein verrückter Fluß mit grotesken mastlosen Dampfern, mit flachen Lastkähnen, die lautlos wie Wasserschlangen durchs Wasser glitten, ein Fluß mit Eisenbahnschiffen, geformt wie Armeepanzer mit schiefen Schornsteinen, die auf Auslegern gebaut zu sein schienen, oder auch mit seltsamen Halbschiffen, lächerlich hoch aus dem Wasser ragend mit nackten Schrauben, die wie Thunfische um sich schlugen, und einzelnen windschiefen Masten. Alles an dieser Welt des Flusses war unvollständig, auch wenn es in seiner Entartung funktionierte, sie war wie Garrys Kahn, wie er warf sie das Bild ihrer eigenen zerbrochenen oder ungeformten Seelen auf sie zurück. Ja, es war, als wären alle ergänzenden Elemente aus dieser Welt verschwunden! Ihr Halbdunkel bebte vor Angst, daß es vom wirklichen Licht getrennt werden könnte; es war wie in seinem Alptraum, wo die Schildkröte in Todesqual nach ihrem Panzer suchte, und Nägel, die nichts zusammenhielten, eingehämmert wurden, oder einflügelige Vögel erschöpft auf einen irrwitzigen, sonnenlosen Mond fielen ...

Er fuhr zusammen, als hätte jemand ihn an der Schulter berührt. Niemand. Aber Dr. Claggart, die Hand auf dem blanken Knauf der offenstehenden Tür seines Sprechzimmers, beobachtete ihn von fern mit Augen, die deutlich sagten: «Gehen Sie auf die Station zurück.» Dann war er fort.

Das Klavier war noch geöffnet; Plantagenet schloß es behutsam. Dann machte er sich zögernd auf den Weg. Elektrische Zahlen blinkten auf einer Tafel vor ihm: «7», «11», «7», «11». Der verlassene Korridor, den er so oft mit Garry und Mr. Kalowsky entlanggegangen war, erschien ihm heute abend seltsam schön unter all dem Staub. Das letzte Gewitterlicht warf seine gerinnende Helligkeit auf die stählernen Gefängnisgitter, die sich im Fußende eines fernen Bettes spiegelten. Als er sich zögernd dem Raum näherte, der auf die Kais hinausging, zuckten wieder die wilden Schriftzeichen der Blitze über die Fensterscheiben, und manche Patienten wichen zurück. Andere lachten nervös, aber Garry und Mr. Kalowsky standen an ihrem üblichen Platz und warteten auf ihn. Er trat wortlos zu ihnen. Kein Wärter schien in der Nähe zu sein. Es war bestürzend still.

«Haben Sie dem Arzt gesagt, daß ich normal bin?» fragte Mr. Kalowsky nach einer Weile heiter.

Er nickte. «Alles wird für uns in Ordnung gehen.»

Der alte Mann sah ihn durchdringend an.

«Das ist ja toll», sagte Garry. «Glaubst du, daß ich bald rauskomme? Aber ist ja egal. Wenn ich nur Geschichten erzählen kann. Jetzt habe ich eine Geschichte für dich.» Sein Blick wanderte zu dem vertrauten alten Kahn, der dort unten lag. «Also, ich bin zum Strand runtergegangen, und da traf ich zwei Freunde. Wir sind auf diesen verrotteten alten Kahn gegangen, ganz voller Schlamm und Sand und einem Haufen Gerümpel. Wir haben ‹Alles nachmachen› gespielt, und dann wurde mir schwindlig, und ich bin rausgeklettert. Man sah mir nichts an, ich war ja klein. Zu Hause hat meine Mutter mich in die Wanne gesteckt und mir was Frisches angezogen. Jawohl, Sir. Ein paar Jahre später ging der Kahn kaputt.»

«Ganz zusammengebrochen war er», setzte er hinzu, während der Donner das Hospital schüttelte. Der Regen begann wieder aus den Dachtraufen zu plätschern.

«Hier wird es nur schlechter mit dir, weswegen bist du bloß hier? Was ist mit deinem Kopf los, Garry», fragte Mr. Kalowsky streng, aber gütig, während der nächste Donnerschlag das Gebäude erbeben ließ. «Du brauchst was in den Magen, sonst hältst du nicht durch. Sieh dich doch an! Sieh dir dieses ganze Hospital an – alles halb verhungerte Irre, sie drehen durch – sieh sie dir an –, und alle kommen sie trapptrapp in die Hospitäler gehumpelt.» Er zeigte auf einen zittrigen, armen alten Mann mit einem grauen Schal um die Schultern, der gerade vorbeilief, und Plantagenet erinnerte sich, daß er, sobald man ihn ansprach, den Schal erschrocken über den Kopf zog. «Dein Magen wird sich auflehnen! Wacht auf, Gehirne dieser Erde! Gehirne aller Länder, vereinigt euch! Hier im Hospital habe ich erfahren, daß die Arbeiter mehr gegen uns sind als die Kapitalisten. Ich glaube nicht an Gott. Ich gebe zuviel Bob-Ingersoll-Sprüche von mir, deswegen will Polizist Megoff mich auch einsperren. Herrgott noch mal! Wenn die Arbeiter aufwachen und ihren Verstand gebrauchen, werde ich nicht mehr ins Hospital müssen! Gebt den Patienten besseres Essen! Hört zu, einmal haben sie mir drei Zähne gezogen, direkt aus meinem Mund. Das ist das kapitalistische System. Ich hätte *ihm* die drei Zähne ausschlagen sollen.» Ein Blitz zuckte, ein Mann schrie auf. «Jedenfalls», setzte Mr. Kalowsky hinzu, «sollten diese jungen Spunte, die gesagt haben, ich wäre in meiner zweiten Kindheit, sich nach Hause scheren und ihre Windeln ausputzen. Ob ich gehe oder nicht ...»

Wieder trat eine Ruhepause in dem Zwielichtgewitter ein, und in der Stille hörte man den Regen auf den Strom niederprasseln. Manche der furchtsamen Patienten kehrten in den Saal zurück. Der Mond war über holprig galoppierenden Wolken aufgegangen; ein Öltanker fuhr vorüber, seine kleinen Schornsteine standen dicht beieinander, in Öltanks gebettet; ihm folgte ein Bagger, der steuerbords viele Klafter entfernt ein Floß hinter sich herzog wie an einer Nabelschnur. Ein Stück dahinter dampfte nah am Ufer ein Raddampfer vorbei, der nach Fall River fuhr. Fall River! Wie hatte Ruth sich an diesem Tag vor so langer Zeit gefreut, als sie eine Kabine auf dem Oberdeck der *Providence* bekommen hatten! Es war sein erster Tag in New York gewesen, auch damals Sommer, und sie waren Arm in Arm an Deck auf- und abgegangen. Gegen Abend waren sie in dem uralten, lackglänzenden Schiff herumgewandert, wie ein großes Londoner Hotel war es mit den goldverzierten Treppen. Von dem schallgedämpften Korridor aus sahen sie in der Tiefe unten die Heizer schaufeln. Sie hatten zusammen dem Pulsschlag des Schiffes gelauscht, so wie er ihn jetzt hören konnte. Was war es, was sie in jener Kabine hoch oben auf dem Schiff über die Welt und einander zu lernen versäumt hatten? Sie hatten nicht gelernt, daß bei aller Schönheit des sinkenden Abends, bei aller Weichheit der Nacht und der Zartheit des blauen Morgens jedes Tuckern der Maschine, mit dem sie New Bedford und Herman Melville näher kamen, sie auch ihrem eigenen weißen Wal, ihrer eigenen Vernichtung näher brachte.

Es fing wieder an zu donnern. Der Raddampfer war jetzt viel näher, seine Schaufeln peitschten das unregelmäßig von Blitzen erhellte Wasser zu sahnigem Schaum. Mit einemmal –

wie aus einer spontanen ängstlichen Begierde, sich dem Schiff zu zeigen, es zu berühren, ehe es vorüber war – kamen drei Negermatrosen gestikulierend ans Gitter gestürzt: sie kletterten an den Stahlmaschen hinauf und erhoben ein Geschrei, das sogleich von fast allen Männern im Saal aufgenommen wurde. War das Schiff die *Providence*? Er war sich nicht sicher. Aber starr vor Angst stand er da und sah zu, wie es davonfuhr. Das Geschrei hatte sich inzwischen zu einem unkontrollierbaren Kreischen gesteigert; die Neger schlugen an die Gitter, rüttelten an den Fenstern. Er mußte an seinen Frachter denken, der wilde Tiere geladen hatte: nicht nur Löwen, sondern auch Elefanten, Tiger und Jaguare hatten sie an Bord gehabt, alle für einen Zoo bestimmt. Die Panther gingen ein, nachts im Indischen Ozean brüllten die Löwen, die Elefanten trompeteten und erbrachen sich, so daß keiner außer dem Zimmermann sich nach vorn traute; als sie in den Hurrikan krachten, stießen die Jaguare Jammerlaute wie verängstigte Kinder aus. Kein Urwald war je so tief von gewaltigen, niederwälzenden Stürmen heimgesucht worden wie dieses Schiff; ihr Wehklagen in diesen bitteren Stunden hieß «Laßt uns heraus, laßt uns frei». Er hatte gedacht: «Laßt uns frei, wie Tiere zu leiden.» Und dieses Flehen war vielleicht menschlicher als das, welches er jetzt vernahm. Es blitzte jetzt fast ununterbrochen, so daß das Himmelsgewölbe voll von flammenden Bäumen und Eisbergen schien. Der Mond war verschwunden. Ein gegabelter Lichtbaum schoß diagonal empor. Irgendwo hörte man das nicht mehr aufhörende Zischen von splitterndem Glas. Ein Eisberg stürmte nordwärts durch die Wolken, und als er schräg geneigt in seinem Flug verharrte, sah Plantagenet für einen Augenblick seinen Traum von New York kristallisiert vor sich, glitzernd, von himmlischem Glanz erleuchtet. Doch gleich darauf forderte ihn das Dunkel zurück, der Höllenlärm einer niederprasselnden Kohlenlawine, der, vermengt mit dem Gekreische der Irren, das die *Providence* verscheuchte, in seinem Gehirn mit dem verschmolz, was er von der mechanistischen Not der geschüttelten Stadt heraufbeschwor, mit den Schreien der Selbstmörder, der Mädchen, die in Absteigehotels gefoltert wurden, der Menschen, die in Lasterhöhlen verbrannten, und durch all das kreischten wie Trompeten tausend Unfallwagen.

Dann war das Schiff fort, die Erregung klang ab. Die Patienten gingen allmählich vom Fenster fort, Schlüssel klirrten, die Wärter kamen und deckten den Abendbrottisch für die armen alten Männer, die man für zu abstoßend hielt, um mit den anderen zu essen.

«Wir können nur abwarten. Im Lauf eines Lebens kann viel passieren», sagte Mr. Kalowsky gelassen, als sie sich vom Fenster abwandten.

Garry faßte Plantagenet am Ärmel seines fleckigen Bademantels. «Du hast kein Wort gesagt», sagte er.

«Es war zu laut.»

«Sie wollen unsere Freundschaft kaputtmachen, nicht wahr?» fragte Garry. «Hat dir das der Arzt gesagt? Sie ist verdammt.»

Er schüttelte den Kopf. «Nein, Garry, natürlich nicht. Es ist alles in Ordnung mit uns.»

«Du kannst mir nichts vormachen; sie wollen nicht, daß ich dir noch was erzähle. Keine Geschichten mehr, nichts. Sie werden uns nicht rauslassen. Vielleicht stecken sie mich morgen in eine andere Station. Na schön, sollen sie's versuchen. Sie werden uns nicht auseinanderbringen. Die Welt läßt das Gute einfach nicht zu.» Nach kurzer Pause sagte er zerstreut: «Sieh dir Mr. Battle an.»

Battle stand am Fenster und signalisierte in die Nacht hinaus. «A-äh, Be-äh, Ge-eh», sagte er. «Für 'nen X macht man AX, dann macht man D mit 'nem H, und das is H ... nee, Sir!» Nur der große Heliograph der Blitze antwortete aus der Ferne.

Plantagenet schlenderte zu dem Fenster, von dem Battle weggegangen war. Es klarte auf; auf den Kais veränderten sich ständig dunkle Pfützen, in deren Tiefe Harmonikas von orangefarbenen und grünen Lichtern zitterten. Wild flatternder Dampf stieg aus den Bodenrosten neben dem E-Werk. Er konnte den Mond über den Himmel trudeln sehen. Hin und wieder suchte er hinter Wolken Zuflucht, wie ein Mann sich in Kneipen flüchtet, aber ganz unsichtbar war er nie. Bald fiel sein krankes Licht auf das nasse Gras, in dem sich jetzt die Hospitallichter spiegelten. Das Gras war sehr grün, und die Spatzen hüpften zwischen kleinen weißen Kleeschädeln herum, die zwischen schmalen Grashalmen lagen. Mr. Kalowsky stieß ihn an, er wandte sich um.

Die neun hohen elektrischen Kerzen an dem kreisförmigen Kronleuchter beschienen die armen alten Männer, die beim Abendessen saßen.

Ein Wasserflugzeug glitt weiß vorüber, machte kehrt; für Plantagenet hatte es plötzlich die Bauch- und Schwanzflossen und den stumpfen, leuchtenden Kopf eines Wals; jetzt kam es dröhnend direkt auf das Fenster, direkt auf *ihn* zu.

Irgendwo schrillte eine Klingel, Schlüssel rasselten, und im Korridor hörte man das Schlapp-schlapp-schlapp der Füße. Battle signalisierte wieder; ohne Zweck oder Notwendigkeit oder Hoffnung signalisierte er der Nacht, dem heranbrausenden Wasserflugzeug zu: «A, B, C, D ...»

«... für H macht man AX, und dann macht man D mit A, und das is H ... nee, Sir!»

Etwas Außergewöhnliches ging mit ihm vor, er versuchte mit den Worten zu kämpfen, gegen das, was sich vollzog, anzukämpfen, gegen die Wahnsinnskraft, die – die ihn veränderte, denn das war es: er veränderte sich …

«Mir war schwindlig», sagte Mr. Kalowsky. «Ich hab mich hingelegt, nicht in die Gosse, hier ist es eher wie im Schützengraben, da hab ich ein Nickerchen gemacht.»

Garry trat zu ihnen ans Fenster.

«Es sieht nur so aus wie Frühling», sagte Garry langsam, «und es ist Sommer. Das Wachsen dauert so lange. Es sieht so aus, als wäre erst Frühling, wenn das Gras gerade hervorsprießt, es ist so klein, und der Klee wächst langsam, der Löwenzahn ist noch nicht ganz raus, aber er kommt, jawohl, Sir, und sieh mal, da führt ein Pfad über den kleinen Rasenhügel. Es sieht nur wie Frühling aus, weiter nichts.»

Ein wütender Donnerschlag krachte, und gleichzeitig fühlte Plantagenet, wie das Flugzeug, der Wal, mit seinem Innern zusammenprallte. Während eine Metamorphose die andere anstieß, entlud sich eine Art Ordnung, die noch in seinem Bewußtsein erhalten war und diese Katastrophe einschloß, in Kalowskys Alter und in Garrys Jugend; beide schienen jetzt in Spiralen von ihm fortzuwirbeln, bis er sie verloren hatte, genau wie das Wasserflugzeug sich nun in Wirklichkeit schräg in den zertrümmerten Himmel aufschwang. Aber während dieser eine Teil von ihm, der noch eben im Besitz des Ganzen gewesen war, das Schiff, sich umstülpte, der Schiffsrumpf auseinanderbrach und die entwurzelten Masten über die Decks fielen, wußte ein anderer Teil seiner Seele – mit dem Schiff verwandt, aber diese Phantasien und Gleichzeitigkeiten gleichsam von oben betrachtend –, daß er gegen den wieder einsetzenden Donner anschrie, sah, daß die Wärter ihn umzingelten, sah aber auch, während das

Flugzeug brodelnd nordwärts flog wie die entkörperte Form der Finsternis selbst, sich die wie Wachs schmelzenden Mauern der Anstalt durchstoßen und den Spuren des Flugzeugs folgen, über die kalte Küste der Häuser und die Fabrikschlote hinaussegeln, und Lebewohl winkten sie, Lebewohl …

XI

Wieder stand ein Mann vor dem Städtischen Hospital. Wieder hatte die Hospitaltür sich mit zittrigem Knarren hinter ihm geschlossen.

Draußen empfand er keine Befreiung, nur Unruhe. Immer wieder blickte er mit einer Art Sehnsucht zu dem Gebäude zurück, das sein Zuhause gewesen war. Eigentlich war es ganz schön, sagte er sich, als er sich einem Eckladen zuwandte.

Hier kaufte er ein Päckchen Briefmarken, auf denen Tiger von den Straits Settlements und Elefanten aus Indien abgebildet waren; auf einer senegalesischen Sorte kletterte ein Neger auf einen Baum, es gab ein Schnabeltier mit Entenkopf aus Australien, eine noch schrecklichere Tigersorte aus Ubangi-Schari-Tschad.

Er hatte daran gedacht, diese Marken Garry hinaufzuschicken, aber statt dessen steckte er sie mit einem sonderbaren Gefühl des Widerrufs selbst in die Tasche. Es war zu schwer, zum Hospital zurückzugehen. Dann überkam ihn ein Gefühl so ausschließlicher Tragik bei dem Gedanken, seine Freunde zurücklassen zu müssen, daß er seine Angst überwand und noch einmal zurückging. Unterwegs kaufte er für einen Dollar Orangen, und im Hospital bat er eine Schwester, Orangen und Marken für Mr. Kalowsky und Garry in die Beobachtungsstation hinaufzubringen.

Während er sich der Innenstadt näherte, begann er sonderbare Geräusche zu hören; die Gesichter der Patienten umschwärmten ihn, und einmal zuckte er nervös zusammen, weil er Ruth dicht hinter sich wähnte. Battles grinsendes Gesicht stieß auf ihn herab. Einmal glaubte er seine Eltern mit schmerzvollen, entsetzten Gesichtern die Straße entlanggehen und dabei Knickse machen zu sehen. Er lief ihnen einen halben Straßenblock weit nach, aber sie verwandelten sich wunderbarerweise in zwei kleine Indianer. Ein Mitglied seiner Band verschwand in einem Musikladen. Er ging über die Straße. Jetzt war jedes strenge Gesicht, dem er begegnete, das eines Einwanderungsbeamten, der ihm auf den Fersen blieb. Nach einigem Zögern warf er die Whiskyflasche fort, die er bei sich hatte.

Der Pförtner hatte sie ihm ganz einfach, ohne jede Ironie, als sein Eigentum ausgehändigt. «Die wirst du nicht mehr brauchen, Kumpel», hatte der Pförtner gesagt. «Danke», hatte er erwidert, «ich werd sie selber wegwerfen.»

Jetzt also warf er sie weg, in den Mülleimer. Dann ging er zurück und holte sie wieder heraus.

Er hielt Ausschau nach Melvilles Haus; es mußte hier irgendwo sein, aber er fand nur eine Werkstatt – Zimmermann, Tischlermeister – und daneben ein bescheidenes spanisches Restaurant – Inhaber: d'Alarçon. Merkwürdig, sagte er. Er trat in eine Kirche, die er kannte, und sah sich um. Auf dem Deckengemälde wurde Christus etwas zu trinken gereicht; eine Weile stand er nachdenklich da. Selbst der Gedanke an Essig ließ das Blut schneller durch seine Adern fließen. Außer ihm war nur noch ein Mensch in der Kirche, eine Frau in Schwarz. Sie kniete. Dies war seine Gelegenheit. Was sonst konnte man schon tun, wenn es soviel Leid auf der Welt gab? Mit einer schuldbewußten, hastigen, doch triumphierenden Bewegung setzte er die Flasche an und tat einen langen Zug. Nachdem er den Whisky wieder unter seinen Rockschößen versteckt hatte, eilte er hinaus.

Er war jetzt in gehobener Stimmung, das Feuer des Whiskys machte sich bemerkbar. Trotzdem wich er den Liebespaaren aus, die im Wind vorübergingen. Später folgte er einem Liebespaar, das Mädchen mit dem Silberfuchs war bestimmt Ruth. Plötzlich waren sie verschwunden.

Anschläge und Schilder machten sich über ihn lustig: *Verkauf geht trotz Umbau weiter – Befleckte Blüten – Sackgasse – Gedeck frei rund um die Uhr. Die schönsten Mädchen der Welt. Größer, moderner.* Er tat sie mit einer Handbewegung ab.

In der Untergrundbahn schien der tosende Zug mit ihm ins Gespräch kommen zu wollen. Erst sagte er «Schoß», dann «Los». Dann sagte er beides sehr schnell hintereinander, immer und immer wieder.

Oben blieb er unter der Hochbahn im fleckigen, von Riesenschatten überhuschten Sonnenlicht stehen. Hier nahm er wieder einen Schluck. Dies war wie ein Wald; aus dem Wald war die Kirche gewachsen, aus der Kirche das Schiff. So hatte er's gelernt; aber bald würden sie die Hochbahn verschrotten, bald würde gar nichts mehr da sein: kein Schiff, keine Kirche, kein Wald, keine Schatten, kein Wissen. Alles würde zusammengebrochen sein, wie Garry gesagt hätte.

Er trat aus dem Sonnenschein und wandte sich unbewußt der Ufergegend zu. An den Straßenecken ragten tödlich weiße Würstchenbuden; *Walfischsteaks 5 c.* Es roch nach Tauwerk, nach Seefahrt und fremdartigen Waren, ein Geruch, den er gut kannte, aber der weh tat wie der Geruch eines Frauenpelzes im Regen.

Seine Schritte brachten ihn zu der Seemannskneipe, die er kannte, eine üble Spelunke. Er bestellte einen Whisky und setzte sich in eine Ecke. Hier war niemand: keine Irren, die ihn verhöhnten, keine Normalen, die ihn ermutigten oder ermahnten, nicht einmal ein Klavier diesmal, nur die immer näher rückende Geisterwelt; aber damit sie nicht zu nah rückte, immer noch einen Whisky; es ging ihm wirklich höllisch gut. Er begann zu glauben, daß er manche seiner Fehler ganz deutlich sähe. Er hatte sie alle ausgemacht. Er konnte sich sogar vorstellen, daß er sie mittels eines heroischen Opfers austilgte, eines Opfers, das nicht nur ihn vor Garry und Mr. Kalowsky rechtfertigen, sondern die beiden – auf eine phantastische Art und Weise – befreien würde. Sie befreien? Alle würde es befreien – alle Patienten, alle Eltern, alle Ruths, es würde die Menschheit befreien; o ja, er würde sich für das Gute und Rechte schlagen.

Erhobenen Hauptes ging er in den Waschraum, wo er seine Flasche leerte. Als er sich nach etwas umsah, wo er sie hintun könnte, bemerkte er an der Wand eine mit Kreide ausgeführte, unanständige Zeichnung von einem Mädchen. Aus irgendeinem Grund geriet er plötzlich in Wut und schleuderte die Flasche gegen diese Zeichnung, und in dem Augenblick, da er vor den Glassplittern zurückwich, schien es ihm, daß er diese Flasche gegen alle Unanständigkeit, Grausamkeit, Häßlichkeit, gegen Schmutz und Ungerechtigkeit der Welt geschleudert hatte. Gleichzeitig durchfuhr sein Bewußtsein eine entsetzliche Vision von Garry, und eine entsetzliche Angst. «Es war doch nur ein kleiner Kratzer», hatte er gesagt.

Es war dunkel, ein Dunkel voller Schwingungen. Diese schreckliche alte Frau, die er den Brief hatte einwerfen sehen, war sie es, die mit ihm auf dem Grund eines Bergwerks war?

Als er in den Schankraum zurückkehrte, suchte er sich

einen abgeschiedenen Platz, und dorthin brachten sie ihm seinen Whisky.

Aber selbst dort hatte er das Gefühl, beobachtet zu werden, und so zog er später, das Glas in der Hand, in die dunkelste Ecke der Bar, wo er, wie ein Embryo zusammengerollt, überhaupt nicht zu sehen war.

Erzählungen aus dem Nachlaß

Hotelzimmer in Chartres

Der Frühlingsmorgen in Paris mit seinen fahrigen Regenwolken wie Rauch und mit dem Rauch selbst aus den Schlöten, rußige Schornsteine – sagte er zu sich selbst –, kam ihm, als er aus dem Fenster über Alésia schaute, wie ein Morgen auf See vor, ein trostloser Morgen aus Nebel und Regen auf See; der Eiffelturm, wie ein hinter dem Regen verschatteter Leuchtturm, und der Rauch, überall Rauch aus Fabrikschlöten, vom Wind gejagt und zerrissen, gaben ihm nicht ein Gefühl, daß alles wuchs, sondern belebten in ihm nur die hilflose, schmerzende Sehnsucht nach der See.

«Ich wünschte, ich wäre wieder dort», sagte er.

«In Chartres?» fragte seine junge Frau.

«Nein. Auf See.»

Sie stritten sich nun seit dem Morgengrauen; es war sein Eindruck, daß vielleicht er es gewesen war, der den Streit heraufbeschworen hatte, da der Tag vor ihrem geplanten Ausflug nach Chartres und die Melancholie des Regens, der ihre Reise verhinderte und ihre Herzen teilte, in ihm die Wunde eines alten Abschieds von ihr, vor vielen Jahren, geöffnet hatten.

Die Möwen flogen über den Fluß, der Frachter kappte das Seil und glitt von dem grauen Leib des Kais, die Rinne zwischen beiden wurde größer, Taschentücher flatterten; das

Schiff schwang herum und nahm dampfend Kurs auf die offene See.

Er war damals Bootsmann gewesen, ein sehr junger Bootsmann; aber jene Reise war seine letzte gewesen. Er kam zurück, zu seinem Mädchen und um ein Leiden in Musik zu übertragen, das seine Kräfte überstieg; er hatte von der See gelassen, nicht länger fähig, den Schmerz auszuhalten, den ihre Wirklichkeit bereitete, so wie er jetzt ohne die Gegenwart dieser Wirklichkeit nicht länger den Schmerz, den ihre Illusion bereitete, aushalten konnte.

Ach, die Innigkeit jenes Abschieds, die Innigkeit der Erinnerungen, an ihr helles Lachen, ihre Lippen, die Innigkeit des nach vorn gerichteten Blicks und des Blicks zurück, wenn Abschiede nur nicht so innig wären!

«Ich fahre heute nachmittag nach Chartres», sagte er plötzlich. «Kommst du mit?»

«Du mußt lernen, im Umgang mit mir nicht so dickköpfig zu sein», gab sie zurück. «Aber wie es auch sei, was hat es für einen Sinn, jetzt nach Chartres zu fahren? Es ist spät, und es regnet immer noch. Wir könnten überhaupt nichts tun.»

«Dickköpfig oder nicht, ich fahre nach Chartres, heute nachmittag. Kommst du?»

«Nein.»

«Auch gut. Leb wohl.»

«Leb wohl.»

Er ging hinunter in die Avenue de Châtillon mit einem – wie er dachte, als ihm sein regenverschrammtes, einen kleinen Koffer tragendes Spiegelbild aus einem Schaufenster entgegenkam – entschlossenen, schwermütigen Gesichtsausdruck; als er aber die Métro Alésia erreichte, waren seine Schritte schon unsicher geworden, und er drehte sich um. Seine Frau kam ihm nicht nach. Als er den Fahrschein von seinem Métro-Carnet riß, fühlte er sich bereits beraubt. Da sich die Ankunft des Zuges, Direction Porte de Clignancourt, um einige Minuten verzögerte, beobachtete er die Leute, die durch die Sperre gingen. Ungeduldig hoffte er, daß sie käme. Aber sie kam nicht.

In der Métro fragte er sich, warum er überhaupt nach Chartres wollte, ausgerechnet nach Chartres, allein, wo doch Chartres der Ort war, wo ihr gemeinsames Leben wirklich begonnen hatte. Beide wußten sie das. Für ihn war Chartres seine Frau, seine eigentliche Lebenskraft. Mitgefühl für sie strömte wie Feuer durch ihn; er konnte nicht allein zu der Ruelle de la Demi-Lune gehen, nicht zu dieser Straße, es war ihr Hotel, ihr Zimmer. Die Morgen, die sie mit Wanderungen durch die Kathedrale verbrachten, Saint Piat am Südportal, zu jener Zeit zündeten sie ihrer Liebe eine Kerze an; und die dröhnenden Nächte, die durch die Flugzeuge vom nahen Flughafen in eine Welt aus vorüberziehenden grünen und goldenen Sternen verwandelt wurden. Selbst die absurde *Grotte Luminaire* und das *Café Jacques Restaurant Bar du Cinéma* gehörten ihnen allein. Und der merkwürdige Bahnhof, der gerade repariert wurde und über den ihr französischer Freund gesagt hatte: Es könnte eine Irrenanstalt, es könnte eine Kirche sein, aber ein Bahnhof ... Nein, alle diese Dinge gehörten auf irgendeine Weise zu ihnen, und es zu leugnen, war Verrat.

Am Montparnasse stieg er aus und ging zur Bahnhofshalle hinauf. Er durchforschte die Anschlagtafeln: Brest, Le Mans, Passy, Versailles. Ah! der 17 Uhr 03-Zug nach Brest hielt in Chartres. Er hatte eine halbe Stunde Zeit.

Er setzte sich. Trotz des Tageslichts flackerte eine elektrische Anzeige: *Sandwiches, Paniers Repas, Provisions*. Er bestellte ein Bier und beobachtete die Menge; sie trieb langsam an ihm vorbei wie Schatten in einem schwarzen Dunst, Gepäckträger, Liebespaare, Krankenschwestern, Krüppel. Eine andere Reklame flackerte: *Passez vos vacances à la mer.* Der Regen trommelte auf das Bahnhofsdach, seine Folter ließ nicht nach, in Abständen jedoch wurde jeglicher Gedanke ausgelöscht durch das entsetzliche Kreischen eines abfahrenden Zuges, einem Schiff ähnlich, das Dampf in seinen Ladewinden abließ. Die Schreie, der Geruch nassen Eisens, es konnte von der See feuchtes, frisch mit Mennige angestrichenes Eisen sein. Er fühlte sich alt und krank.

Die Uhr auf der Wand über den Gleisen ließ er nicht aus den Augen, ihr silberner Finger kroch auf fünf zu. *Fuir là-bas, fuir ...*

Es war jetzt Zeit; in dem Augenblick aber, da er sich entschlossen hatte aufzubrechen, sah er seine Frau eilig ihm entgegenkommen, und er fühlte sogleich Zärtlichkeit für sie und Erleichterung, daß sie gekommen war; als er sich aber ihr zuwandte, um zu sprechen, stellte er fest, daß er einen plötzlichen Drang, sie zu verletzen, niederzukämpfen hatte, eine Roheit in ihm, die selbst ihn überraschte. Und als er schließlich sprach, so war es unverbindlich, als spreche er zu einer Fremden.

«So bist du also doch gekommen.»

«Ja.»

«Fährst du nach Chartres?»

«Ich hatte es vor.»

«Dann aber los, wir müssen uns beeilen.»

Er sah, daß sie eine Versöhnung erwartet hatte, daß sie ihre Ankunft sorgfältig vorbereitet hatte und daß seine Gleichgültigkeit sie bitter verletzte. Aber er konnte in diesem Augenblick nicht einfach bloß nett zu ihr sein, zu tief war der Konflikt in ihm vergraben, und er liebte sie zu sehr, um sie mit Zuneigung zu kränken. Er kaufte einen zweiten Fahrschein, und die Menge trug sie vorwärts durch die Einlaßtür auf den Bahnsteig.

In dem Abteil saß er mit unbeirrbarer Miene da, die Lippen fest geschlossen, die Augen auf einen Punkt über den Kopf seiner Frau gerichtet, auf nichts, und gelegentlich gab er ihr einen Blick, der sie bestrafen sollte; und sie saß ebenso unbeirrbar da, entschlossen, nicht nachzugeben.

So ist ein Segelschiff, dachte er, bei Windstille oder im Wind in seiner Beziehung zu dem Meer. Dann bricht der Sturm los, das Schiff wird getrieben, wird im heulenden Orkan auf verräterischen Felsen zerbrochen, auf einem dem Meer fremden Element. Denn das Meer wird es nie wirklich brechen; wie lange es auch seinen widerlichen Leib hin und her wirft, wird es das Schiff nie ganz verschlingen können. Denn in seiner sinnlosen Raserei hat er nur erreicht, sie völlig zu verlieren ...

Oh, wenn sie nur wieder sein könnten wie das Meer und die Flut, von einem kalten Mond über den Sand gerufen! Dann würden sie bald, wenn einer von ihnen verlassen oder verzweifelt wäre, wieder so glücklich miteinander sein! Warum hast du nicht mehr von Vater Neptun? fragte er sich – als vier Seeleute, die im Gang gewesen waren, in das Abteil kamen. Er bedachte seine Frau mit einem triumphierenden Blick: Nun siehst du, was für ein Wald von Symbolen die Welt ist ...

Ohe Kalo
Ohe O he O
Ohe Kalo les matelots
Les matelots
Ohe O he O

«Ich vermute, du wärst gerne einer von ihnen», sagte sie.

«Du willst sagen, du wärst gerne ein Mann», gab er schnell zurück. «Deine ständige Redensart, so daß du selbst der sein kannst, der mit ihnen ist. Aber von dem Augenblick an, da ich mit ihnen sein möchte, ich selbst sein möchte, nicht nur mit Seeleuten, sondern mit irgend jemandem, haßt du mich.»

O he Kalo
O he O he O

Er schaute die Seeleute an und mutmaßte, daß sie Bootsmann, Lampenputzer, Schreiner und der eine Vollmatrose waren. Vielleicht war der letztere auch ein Hilfsmatrose oder ein Heizer oder sogar ein Hilfskesselheizer, aber er schien ein Vollmatrose zu sein. Der Bootsmann hatte ein Fenster im Gang kaputtgemacht, sie sangen, ließen die Flasche kreisen, rissen sich an den Haaren, traten sich auf die Füße, aber sie waren umsichtig und achteten freundlich darauf, seine Frau nicht in Verlegenheit zu bringen. Sie hörten zu singen auf, aus Furcht, unhöflich zu sein. Statt dessen las einer laut aus *Séduction* vor, während die anderen sich um die Zeitung scharten, in dem offenbar sicheren Gefühl, daß dadurch seine Frau sich nicht belästigt fühlen würde.

«Aprilblume», las der Bootsmann vor, «zwanzig Jahre, blond, distinguiert, sucht Briefpartner, um die Traurigkeit des Lebens in einer kleinen Provinzstadt zu mildern.»

Die anderen drängten sich zusammen und lasen gemeinsam mit kindlichem Vergnügen: «Samtauge wünscht sich, Patentante eines kleinen blauen Soldaten zu sein.»

«Samtauge», lachte er seiner Frau zu. Die Seeleute lachten auch.

«Schmetterling mit Flügeln aus blauen Wünschen möchte

Gedanken und Träume austauschen, 30 Jahre, hübsch; kultiviert.»

Während er sie betrachtete, während der Zug auf seinem Weg zur See durch Maintenon donnerte, ging er einmal mehr an Bord aller seiner Schiffe, fuhr von Exchange nach Prester, um an Bord der *Suley*, nach Birkenhead, um an Bord der *Mentor*, nach Oslo, um an Bord der *King Haakon* zu gehen, und an Bord aller anderen. Er sah ein Schiff sich still im Morgengrauen dem Hafen nähern: das Klopfen der Wache, das schlaftrunkene Kriechen aus der Koje: dann stolperten sie tastend den Weg zur Brücke für die Befehle des Tages hinauf. Braucht euch heute nicht um eine Ganzwäsche kümmern, sagte der Maat, pflanzt euch auf dem Achterdeck auf und macht die Ladebäume hoch.

«Moderne Eva, 23. Sucht lieben Gefährten für Autofahrten und echte Freundschaft.»

Hierbei schaute er seine Frau grimmig an: «Das ist doch, was du dir gewünscht und was du bekommen hast? *À deux* zu lesen: *300 histoires pépères ... Ève ressuscitée, ou la belle sans chemise*», fügte er brutal hinzu. «Ja, ich möchte wirklich wieder dort sein, ich möchte mit ihnen sein. Merkst du denn nicht, daß sie sich zurückhalten, wenn du hier bist?»

Seine Frau verließ das Abteil. Sie weinte.

Als sie zurückkam, schwenkte ihr Mann die Flasche und sang mit den anderen Seeleuten:

Ohe Kalo
Ohe O he O
Ohe Kalo les matelots
Les matelots
Ohe O he O

In dem Augenblick aber, da sie das Abteil betrat, hörten sie zu singen auf, hielten sich nervös im Zaum, erröteten wie Schulkinder, bildeten sich zu ihrer eigenen Gruppe zurück; und auf ähnliche Weise wurde er, durch ihren Auftritt, geteilt in seine und in ihre Welt. Er gab die Flasche zurück.

Der Zug fuhr durch St. Prest, Preston, Prester, dachte er mit jähem Grauen und sah das Schiff, seemüde, an die Pier gelehnt, und die Stöße Bauholz aus Archangelsk neben ihm. Ein dunkles Eisenskelett stand über dem verfluchten Schiff, Kohle fiel in Strömen aus ihm herab, polterte unaufhörlich in die Bunker; und er verlor sechs Jahre seines Lebens, als er sich noch einmal, nicht als Bootsmann, sondern als Heizer sah, als fyrebotere, einen der schwarzen Bande, der nach der Wache mit im Wind flatterndem Haar am Eingang zum Maschinenraum stand.

«Ja», sagte er plötzlich zu seiner Frau, «ich wünschte, ich wäre wieder dort, ich ginge mit ihnen an Bord eines dreckigen alten Schiffes. Gut möglich, daß es ein Mistleben ist, so von schmutzigem Hafen zu schmutzigem Hafen zu schippern, aber es ist besser als dieses endlose Streiten, dieser Zwist. Dort waren immerhin manchmal unsere Leben in Gefahr.»

«Ist unser Leben jetzt nicht in Gefahr?»

Nun bemerkte er, daß der Regen aufgehört hatte, und er beobachtete den Schatten des Zuges, der neben ihnen die Felder entlangglitt, über die Apfelblüten und den blühenden Frühlingsweißdorn hin, mit ihnen Schritt haltend, und diese ganze Lieblichkeit nahm er zornig auf. Jetzt waren sie in Chartres.

Er sah einen der Seeleute draußen im Gang stehen; sah ihn den Heizungshebel von *chaud* auf *froid* schieben, hin und zurück; volle Kraft voraus, halbe Kraft voraus, achteraus, bis seine Kameraden ihn wegzerrten, um einen zu trinken.

Während seine Frau und er sich einen Weg zur Sperre bahnten, kreisten die Seeleute um sie, als würden sie ihnen zu Hilfe kommen. An der Sperre drehte er sich zu ihnen um und sagte:

«*Bonne Chance*. Viel Glück. Eine gute Reise. Und grüßt mir die Straße von Malakka.»

«Wir fahren nicht zur See, wir fahren nach Hause», sagte einer der Seeleute. «Wir wurden in Bremen abgemustert, und jetzt fahren wir nach Hause nach Brest.»

«Ach, ihr fahrt nach Hause.» Unwillkürlich lachte er. «Nun, wir tun das auch.» Und seine Frau stimmte in sein Lachen ein.

«Ja, wir fahren nach Hause.»

Dann mußten die Seeleute auf ihren Wagen losstürzen; auf ihrem Weg ließen sie eine Flasche von der *buvette* mitgehen.

«*O he O les matelots*», brüllten sie und lehnten sich aus den Fenstern, als der Zug den Bahnhof verließ.

Er drehte sich um. Der Bahnhof schien ihm wie ein riesiges Schiff, das abgetakelt wurde. Im Hinausgehen sahen sie die Kathedrale , ihr Dach in Gestalt einer grünen Welle, die sich am aufragenden Felsen des Turmes brach, und dahinter toste die blaue und weiße See des kalten Himmels – *Grotte Luminaire*, *Café Jacques Restaurant Bar du Cinéma*, Ruelle de la Demi-Lune –

Die Flugzeuge dröhnten über sie hinweg: die Welt verwandelte sich in ein abendliches Land aus Apfelblüten und Sternen. Der Mond zog sanft die zurückweichende Flut der Frau in das beruhigende Meer des Mannes.

Und oben in dem einzigen Zimmer der Welt lagen sie einander verschränkt in den Armen und weinten vor Freude, daß sie sich noch einmal gefunden hatten.

Der 30. Juni 1934

Der Zug nach Boulogne zog geräuschlos aus der Gare de l'Est.

Es war erstaunlich. Man hatte sich auf ein unerträgliches Getöse eingestellt, eine Folge krampfhafter Vorwärtsstöße, darauf, daß einem die Füße weggerissen würden. Der Geistliche Bill Goodyear, aus West Kirby, Cheshire, England, warf seinen Koffer auf das Gepäcknetz und nahm hinter *L'Œuvre* Platz. Aber nichts Verständliches fand sich in ‹Dem Werk›, so schaute er zum Fenster hinaus.

Reklamen schwammen vorüber, für Oxygénée, für Pernod Fils, für Jean Cocteaus *‹Machine Infernale›* am Théâtre des Champs Élysées, für Charles Boyer in *‹La Bataille›*, das im Rex gespielt wurde.

Er schaute über die Reklamewände, die durchlöchert waren, um den Winddruck auszugleichen, auf die bleifarbene Ausdehnung von Dächern mit ihren Antennen und der in der Sonne flatternden Wäsche, auf der Suche nach einem Durchblick auf seine Lieblingskirche in Alésia. Aber sie war offenbar zu weit weg. Er wandte sich wieder seiner Zeitung zu und versuchte einem dem Fall Stavisky gewidmeten Artikel zu folgen. Er verstand ihn überhaupt nicht. Und was hatte es mit diesen Hinweisen auf die großen Krawalle auf der Place de la Concorde und sonstwo im Februar auf sich? Sein steifer Kragen, im Fenster wahrgenommen, sah wie eine Verkleidung aus, so daß er sich ein wenig wie Stavisky selbst vorkam. Es sah so aus, als hätte vor kurzem nichts weniger als eine zweite Französische Revolution stattgefunden, ohne daß er es mitbekommen hätte. Noch konnte er wirklich nachvollziehen, warum es, um den Frieden zu fördern, notwendig sein sollte, den französischen Binnenmarkt durch enge Kontakte mit den deutschen Stahlkartellen zu beleben. Aber sein Französisch war schlecht, und der Verfasser versuchte vielleicht etwas ganz anderes zu vermitteln.

Nach einer Weile machte sich Bill Goodyear klar, daß er nicht so sehr in der Zeitung las, als daß er sich hinter ihr versteckte. Ach, war es ärgerlich, in Zügen, auf Schiffen, in Salons sich immer so befangen zu fühlen! Er brauchte, genau wie auf der Kanzel, immer soviel Zeit, um sich zu versammeln, um einer neuen Gemeinde gewahr zu werden. Vielleicht war es so, weil er in seinem leidenschaftlichen Glauben an die Menschheit Angst hatte vor oberflächlichen Kontakten, vor einem bloßen Streifen der Flügel mit einem Mitgeschöpf. Er faltete die Zeitung und schaute wieder aus dem Fenster.

Die Signale grüßten wie Uhrwerk, ein Mann aus Holz in einem mit Paris 5 markierten Kasten zog an einem Hebel, und ein Gewirr von Gleisen bewegte sich wellig fort und wurde eins; und als würde der Zug Lastwagen mit alten Kriegsaufschriften, *40 hommes, 8 chevaux*, Hochbahnen, selbst den Eiffelturm aus seinem Wege fegen, raste er pfeifend, von der Ungewißheit der Vororte und Knotenpunkte befreit, auf Boulogne und England zu.

Goodyear holte eine Pfeife und hassenswerten Scarfelati-Tabak hervor, den er in Chartres gekauft hatte. Doch konnte die Pfeife, auch sie, zumindest sein Unbehagen verbergen, das sich nun fast wie Panik gab, eine Angst, daß jeden Moment die Vorladung aus dem Dunkel kommen und seine kleine Welt über den Haufen geworfen werden würde. Bald schon war er hinter einer Wolke widerlicher grauer Luft, einem Nebelschleier zwischen sich und einer vornüber kippenden Welt versteckt.

Aber der Scarfelati war reiner Zunder, die Pfeife wurde ungemütlich heiß, und sein Gegenüber bot Goodyear seinen Beutel an.

In dem Beutel waren kleine gelbe Löckchen aromatischen englischen Tabaks.

Während Goodyear seine Pfeife wieder anzündete, beobachtete er seinen Reisegefährten aus dem Augenwinkel. Er war ein kleiner, braungebrannter Mann, ein gutes Stück älter als er selbst, dachte er, schlecht, aber teuer gekleidet, mit einem vorspringenden Kinn und ruhigen grauen Augen. Ein Bein hielt er steif von sich gestreckt.

Aber mehr als jeder physische Eindruck war Goodyear, selbst in Anbetracht der Stille des anderen, ein Gefühl seelischer Verwandtschaft verblüffend gegenwärtig. Sein Unbehagen wich.

«Danke», sagte er. «Das ist um einiges besser.»

«Heiße Firmin. Lange in Frankreich gewesen?»

«Goodyear. Nein. Stattete nur einem meiner *confrères* von der Amerikanischen Kirche in Paris einen Besuch ab. Am Quai d'Orsay.»

«Ich mag die Franzosen nicht», sagte der andere. «Zu nachtragend. Nicht genügend Aufrichtigkeit.»

«Ich kann das nicht sagen. Ich mag sie, ein großes Volk.»

«Zuviel Bürokratie.»

Bis sie Amiens erreichten, sprachen die Männer nicht mehr, dann sagte er:

«Während des Kriegs war hier sehr viel los. Kaum wiederzuerkennen.» Er machte eine Pause. «Aber Sie waren zu jung für den Krieg, vermute ich.»

Goodyear sagte nichts, beschämt, daß er zu jung gewesen war.

«Nun, sehr erfreut.»

«Sehr erfreut.»

Die beiden Männer schüttelten sich die Hände. Firmin blickte aus dem Fenster.

«Das ist die Somme», sagte er.

Sie schwiegen bis nach Étaples, dann sagte Firmin:

«Hier wurde viel gekämpft.»

Der Zug eilte rasch durch den Frieden dahin; Felder mit Feuernelken oder Kornblumen. Die Heuschober standen in der Sanftmut der Liebe nah zusammen wie Brotlaibe. Jetzt fischten ein Junge und ein Mädchen in einem Kanal.

Goodyear holte eine Brieftasche hervor, aus der er ein Foto zog. Er reichte es Firmin. Auf dem Foto gruppierten sich drei Kinder um eine Blumenrabatte in einem Garten.

«Das ist Dick hier. Er wird im Juli zwölf.»

Hübsch aussehende Kinder. Ich wette, Sie sind ungeduldig, sie wiederzusehen.»

Der Mann gab das Foto zurück, das Goodyear wieder in seine Brieftasche schob. Als er sie einsteckte, sagte er: «Ach ja, ich werde sowieso mit leeren Händen zurückgeschickt.»

Firmin nickte. Anscheinend ohne auf die letzten Worte des anderen geachtet zu haben, bemerkte er:

«Ich dachte einmal an Heirat. Aber meine Hüfte ist im Krieg völlig zerschmettert worden. Beim Gehen stört es mich nicht mehr. Doch bei meiner Arbeit muß ich aufpassen, daß es nicht störend ...»

Die Männer rauchten und schauten aus dem Fenster. Es gab noch ein paar Jungen, die fischten.

«Fischen», sagte Firmin. «Man wirft überall die Angel aus. Manchmal, wenn man ihnen eine lange Strecke gefolgt ist, stellt man fest, daß es sich nicht gelohnt hat.»

Goodyear lachte in sich hinein. «Das letztere gilt auch für den Fisch.»

«Hier wurde viel gekämpft», wiederholte Firmin.

Plötzlich fühlte Goodyear einen der peinlichen Anfälle von Hysterie sich nähern, die ihn seit Antritt der Rückreise quälten. Seine Lippen zitterten rings um den Pfeifenstiel. Er drehte sein Gesicht noch mehr dem Fenster zu, so daß Firmin ihm nichts anmerken konnte, und drückte seine Augenlider fest auf die sich öffnenden Tränendrüsen. Mit seinen seltsam verdrehten Augen sah er einen Arbeiter, der sich aufrichtete, um zu dem vorbeidonnernden Schnellzug hinaufzuschauen. Nun versuchte Goodyear seine Augen auf die auf- und abwogenden und dem Zug nachstürzenden Telegraphendrähte zu heften. Auch das blieb ohne Erfolg, und er war nahe daran, seiner Rührung nachzugeben, als er in dem Wald, durch den sie gerade fuhren, einen Jungen mit nackten Beinen sah. Er rannte wie wild, und das Seltsame daran war, daß er mit dem Zug Schritt zu halten schien. Goodyear war so erstaunt, daß er seine Verwirrung fast ganz vergaß. Jetzt war der Junge gestürzt. Außerordentlich! Er wandte sich ab und lenkte seine Gedanken weg von dem Wahn, nur um sie ganz auf Firmin zu heften. Er blickte aus dem Fenster, und da war der Junge, aber jetzt – war es möglich? Du lieber Gott, nein – es war keine Verwechslung, der Junge *war* Dick.

Es war widersinnig. Sie fuhren über einen Fluß, und es war Dick und niemand sonst, der freudig in ihn hineintauchte. Und Dick war es auch, der das gegenüberliegende Ufer hinaufkletterte und schneller rannte als je zuvor.

Er verlor kein Wort darüber, aber jedesmal, wenn er aus dem Fenster schaute, war der Junge da.

«Es gab hier einen Platz, den sie Stierkampfarena nannten», sagte gerade Firmin. «Nichts als Sand – deswegen nannten sie ihn so. Man sollte nicht annehmen, daß Sand gefrieren kann. Aber, mein Wort darauf, es war kalt im Winter.»

Goodyear sah nur noch zweimal hinaus, aber beide Male sah er seinen Jungen entlangstürmen, mit dem Zug Schritt halten.

Dörfer und Soldatenfriedhöfe stürzten an ihnen vorüber und waren verschwunden. Sie unterhielten sich, aber das Hin- und Herschwingen des Zugs zog ihre Sätze auseinander. Die Räder schrien heftig gegen das Eisen auf.

Unmittelbar nach Neufchâtel wurde die Bahnspur ebenmäßiger. Firmin sagte:

«Während des Kriegs war hier sehr viel los. Kaum zu glauben heute. Hui!»

Goodyear betrachtete den Sonnenuntergang. Eine einsame Straßenlampe brannte. Ein Flugzeug flog in der Ferne über hochgetürmte Wolken. Es sah nach Regen aus. Rauch kräuselte sich leicht aus ärmlichen Häusern. Dieser Reise im Zug durch den Sonnenuntergang haftete eine seltsame Traurigkeit an und ein Sehnen nach Trost.

Jetzt erreichten sie Boulogne.

«Der Zug fährt direkt über die Hauptstraße», sagte Firmin. Als sie langsamer wurden, änderte sich das Wesen ihrer Bewegung, der Zug wurde zu einem Zubehör der Pier, der See.

«Dieses Haus da drüben war während des Kriegs ein schrecklicher Ort», sagte Firmin. «Das *Café Cristol.*»

Und Goodyear schaute suchend hinaus in den Regen, der gerade zu fallen begonnen hatte, hinüber zu dem einst berüchtigten Café. Dann waren sie an der Pier.

Sie tauschten die Elemente, aber die Vorstellung überkam ihn, daß es mehr als das war, daß etwas Größeres getauscht wurde …

Kurz nachdem das Schiff sich von den Kais gelöst hatte, standen die beiden Engländer gemeinsam an der Reling und blickten in eine Wildnis aus Schlamm und Regen, die das verschwindende Frankreich war.

Alsbald war nur noch Finsternis und das Tosen der See.

«Es ist trostlos, trostlos», sagte Goodyear.

«Häßlich, häßlich.»

«Nie habe ich mich so trostlos gefühlt. Ich weiß nicht, warum», lachte Goodyear.

«Sachte, Mann, trinken Sie einen, und fassen Sie wieder Mut.»

«Vernünftiger Plan.»

Firmin humpelte, gefolgt von Goodyear, zu der Bar hinunter. Es roch penetrant, und es war warm; das Schrammen der Maschinen war laut. Sie entschieden sich für Bass.

«Nach ein paar Gläsern stelle ich mir immer vor, daß ich von neuem demobilisiert werde», sagte Firmin zwischen zwei Schlucken. Goodyear trank, dann sagte er aus irgendeinem Grund eine merkwürdige Sache.

«Mir geht es genauso.»

Das war eine glatte Lüge, und er staunte über sich selbst.

«Was! Sie waren im Krieg? Warum sagten Sie mir das nicht? Und ich habe geredet, als hätte ich den ganzen Krieg allein geführt.»

«Ich weiß nicht. Es ist so , daß mein einziger Bruder gefallen ist.» Goodyear log erneut. «Wir haben uns daran gewöhnt zu denken, daß er in Frankreich begraben ist. Seine Leiche wurde nie identifiziert, und wir sprechen nicht gern darüber.»

Firmin schwieg. Goodyears Herz schlug mit dem Schlagen der Maschinen. Er hätte gern gewußt, was ihn diese merkwürdige Unwahrheit hatte erzählen lassen. Natürlich hatte er gar keinen Bruder. Konnte er es sein, der so gesprochen hatte? Und war er es gewesen, der zuvor den Jungen hatte laufen sehen? Und jetzt, um das Ganze zu krönen, gab es diese stupide Lüge über einen eingebildeten Bruder.

Er trank noch ein Glas und sah vor seinem geistigen Auge den Jungen wieder rennen, aber jetzt war der Junge Firmin. Firmin, so wie er einige Jahre vor dem letzten Krieg gewesen war, als er ungefähr das gleiche Alter wie Dick jetzt hatte.

Aber Goodyear verstand nicht, warum er diese Unehrlichkeit gesagt hatte. Hatte er der Kamerad dieses Mannes sein wollen, dessen Wunden irgendwie wettzumachen gesucht und gedacht, durch diese Unwahrheit über den Krieg sich ihm näher zu bringen und dadurch der Menschheit, vor der er verantwortlich war und in deren Augen – und waren es nicht auch Firmins Augen? – sein Versagen um so entschuldbarer scheinen konnte?

Und mit einem anderen Teil seines Geistes sah Goodyear mit Unbehagen die Fragen voraus, die Firmin ihm stellen mochte. Welches Regiment? Welcher Zug? Erinnern Sie sich an Hauptmann Soundso? Was er niemals würde beantworten können.

Aber Firmin wechselte das Thema.

«Hab ich sie kleinlich genannt, die Franzosen? Vielleicht tue ich ihnen damit Unrecht an. Sie müssen sich schlagen, um die Ernte loszubekommen, sagen sie. Und für magere Preise. Ein Land rücksichtslosen Feilschens.»

«Mein amerikanischer Freund vom Quai d'Orsay sprach heute morgen über sein Land. Überall um sie herum ist Strom, und sie können ihn nicht nutzen. Getreidefelder, aber niemand hat Brot. Kleidung allenthalben, man kann sie nicht kaufen. Eine entsetzliche Situation.»

Durch das Bullauge beobachtete Goodyear die Bewegungen der See, die dicht unter dem grellen Licht so grün und schwankend aussah wie die Landschaft von dem Zugfenster aus.

«Früchte verfaulen, man kann sie nicht essen. Das, was sie wollen, können sie nicht haben.»

«Was können sie schon tun?»

«Was kann einer von uns schon tun?»

Nach einer Pause sagte Firmin: «Eine Schiffsbar erinnert mich immer an ein Stück, das *‹Auf der Ausreise›* hieß. Wenn ich mich nicht irre, spielte ein Typ wie Sie da mit.»

Goodyear hielt sich mit einer Antwort zurück.

«Ich erinnere mich tatsächlich sehr gut an das Stück», fuhr Firmin fort. «Alle Rollen wurden von vermeintlich Toten gespielt. Es handelte auf einem Schiff ohne Besatzung, aber es hatte eine Bar. O ja, es hatte eine *Bar*. Ich erinnere mich sogar an den Namen des Barmanns: Scrubby. Die Personen, die auftraten, waren tot, waren auf der Ausreise zu etwas, was man ihr letztes Gericht nennen könnte. Es war diese Sorte Stück, die man nicht so leicht vergißt. Habe es in Singapur von einer Laiengruppe aufgeführt gesehen.»

«Sagten Sie Singapur?»

«Ja, Singapur.»

«War es im Juli 1927?»

«Ja, kann sein, Juli 1927.»

«Dann habe ich das Stück inszeniert», sagte Goodyear.

«Sie haben es inszeniert? Das ist ulkig. Vor sieben Jahren. Jetzt lassen Sie mich nachdenken, war das nach Lindberghs Atlantikflug?»

Die beiden Männer schauten sich unverwandt an. Seltsam,

dachte Goodyear: Die Lüge hat die Wahrheit hervorgebracht.

«Dann könnte ich Ihnen begegnet sein.»

«Ich war in der Missionsarbeit.»

«Ich war dort Prospektor.»

«Wir könnten uns begegnet sein.»

«Das ist schon ulkig. Nun, wir sollten es mit noch einem Glas begießen. Kein Vogel flog je mit einem Flügel.»

Goodyear bestellte noch ein Bass. «Übernehme ich», sagte er.

«Aufs Wohl.»

«Auf Ihr Wohl.»

«Ach, die Welt ist nicht mehr, was sie einst war», sagte Firmin. «Fühlen Sie nicht auch etwas in der Luft? Nehmen Sie es mir nicht übel, wenn ich das sage, aber finden Sie es nicht schwierig, an Ihrem Glauben festzuhalten? Ich bin natürlich kein religiöser Mensch, aber ist es nicht schwierig?»

«Ich muß zugeben», sagte Goodyear, «ich *habe* zuzugeben, daß die Kirche auf vielen wichtigen Gebieten versagt hat.» Er blickte hilflos um sich, offensichtlich sprach er von sich selbst. «Aber es ist schwierig, von vorn anzufangen.»

«Ja, ich weiß, daß es das ist. Vor dem Krieg machte ich eine Ausbildung zum Ingenieur mit, an der Technischen in Bradford. Nach dem Krieg, als ich aus dem Krankenhaus kam, stellte ich fest, daß ich an der Technischen nicht mehr arbeiten konnte. Zunächst einmal war uns das Rauchen verboten. Ist das nicht seltsam? Nach den Schützengräben ... du lieber Gott! Wir beschwerten uns beim Direktor, und der sagte: ‹Nun, es ist so, daß es auch mir verdammt schwer fällt.› Dann habe ich mich davon völlig losgemacht, wurde Prospektor.»

«Sie haben jetzt Urlaub? Bekamen Sie dort nicht schlimmes Heimweh? Ich bekam's.»

«So was steht in den Büchern. Nein. Nur den Jüngeren ging es so.» Firmin bemäntelte dies, indem er hinzufügte: «Wie immer, ich werde froh sein, wenn es wieder Richtung Osten geht. Kann den Verkehr hier nicht ausstehen. Kostet mich zehn Minuten, die Straße zu überqueren.»

«Nur die Jüngeren, wie? Und ich? Ich bin ganz schön froh, jetzt nach Hause zu kommen», sagte Goodyear. Er schaute auf sein Bass. «Und das ist Tatsache.»

«Ich arbeite für eine deutsche Firma», sagte Firmin. «Ich gehe erst nach London, dann für Weisungen nach Hamburg. Dann wieder in den Osten. Ja, Schürfen bedeutet mir alles. Metall. Alle Arten Metall, jede Art. Es ist wie Fischen. Man wirft überall die Angel aus. Manchmal kann man es finden, nachdem man ihm eine lange Strecke gefolgt ist, und dann hat es sich nicht gelohnt. Manchmal dreht es sich um nicht mehr als hundert Meter. Das Beste daran ist, daß man seinen Mistboden an den Mann bringen muß.»

In Goodyears Kopf begann sich aus den Worten des anderen eine Predigt zusammenzusetzen. ‹Brüder, sind wir im Leben nicht alle Prospektoren? Ihr findet die Ader, Ihr werft die Angel aus. Die Fischer unter euch werden wissen, was ich meine.› Hier würde er einhalten, um zu *lächeln* ... ‹Folgt mir›, würde er sagen, ‹und ich werde euch zu Fischern von Menschen machen.›

Immer noch mit nur halber Aufmerksamkeit Firmins Rede folgend, hier und dort aber ein vertrautes Wort aufnehmend, behielt Goodyear das Pendel der Uhr über der Bar im Auge, über den Flaschen von Bass, Worthington, Johnny Walker; das Pendel, das gewaltig über der Welt hin- und herschwang, das ihn mit einer Schwingung zurückbrachte nach West Kirby, Cheshire, und Firmin von neuem hinaustrug nach Ambat und Batu, nach Schangkat und Djelapang, nach Kuala

Langhat oder dem Klangfluß, Schangkat ... Djelapang ... Kampong ... *Klang* sagten die Maschinen. Metall, das durch Land und Meer strömte; Metall aus der Erde, im Feuer geformt, Eroberer von Luft und Wasser.

«Dann salzen sie es natürlich», schloß Firmin seine Rede ab. «Drei Körnchen Erde. Man kann wirklich manchmal laufen, bis man tot ist. Na, ich fühl mich jedenfalls bestens. Ich war an Orten, wo man ohne Gewehr nicht hingehen kann, es ist nicht sicher. Und ich habe jede Art Tiere erlegt. Wenn man einige Zeit da draußen ist, vergißt man, daß es jemals so ein Land wie England gegeben hat. Aber ich vermute, Sie haben so was alles selbst gemacht?»

Goodyear behielt das Pendel im Auge, und jetzt dachte er an den sich ruhelos bewegenden Finger Gottes. Systeme wurden errichtet, wurden zerstört. Bald wurde ein Geschöpf auf die Erde gesetzt, das anfing, sich selbst zu entwickeln, bald wurden Kriege abgeschrieben und fanden Kriege statt. Hier wurde ein Volk geschaffen, dort ausgelöscht.

Gab es wirklich eine Art Determinismus, der das Schicksal der Völker bestimmte? Konnte es wahr sein, daß letztlich ein jeder das bekam, was er auch verdiente? Was mußte ein Volk tun oder nicht tun, um ausgelöscht zu werden? Es kam Goodyear in diesem Augenblick sonderbar vor, daß er und Firmin, während sie Frankreich gönnerhaft behandelt, sich über Amerika erschrocken gezeigt und auf Sportmannsart die Überlegenheit der besiegten Nation Deutschland ‹anerkannt› hatten, nicht ein einziges Wort über England gesagt hatten. Wie stand es mit England? Das hatten sie einander nicht gefragt. Noch hatten sie offen in Betracht gezogen, daß mit ihnen selber etwas nicht stimmen könnte. Was ist los mit *uns*? Über diesen Punkt hatten sie sich im Grunde ausgeschwiegen. Und was ist los mit mir? Er hatte Firmin nicht danach gefragt, und selbst jetzt, als Goodyear halbherzig sich die Frage stellte, beunruhigte ihn ein düsterer Widerspruch in Firmins Existenz. Stimmte es nicht ein wenig nachdenklich, daß Firmin, im Krieg schwer verwundet, den Rest seines Lebens mit der Suche nach gerade den Metallen verbringen sollte, mit denen die Menschheit in der Tat eine neue Welt erbauen *könnte,* ein sternförmiges Paradies von unausdenkbarer Kraft und Feinheit, das sie in den Stand versetzte, durch gewaltige Fenster neuer Legierungen das Licht der Zukunft hereinströmen zu lassen – mit denen die Menschheit aber, so oder ähnlich hatte ihm *L'Œuvre* versichert, nichts dergleichen im Sinn hatte, sondern die sie ausschließlich dafür benutzte, die subtileren Waffen für ihre eigene Zerstörung vorzubereiten? Er stellte sich ihren Wortwechsel über diese Offensichtlichkeit vor und Firmins unvermeidliche Antwort, daß die Religion der Ursprung zahlloser Kriege gewesen sei und daß, wenn sie es in einem besonderen Fall gerade einmal nicht wäre, sich der Krieg als Kreuzzug maskierte, bei dem Gott – oder das Recht – beide Seiten kräftig unterstützte und so weiter – alle diese wolkigen, unwirklichen, aber unentrinnbaren Fakten, die durch Wiederholung und Wiederholung und Wiederholung ausreichten, ein Chaos in einem selber hervorzurufen – und das alles, während die beiden Männer sich reglos wie der Tod gegenüberstanden, als hätte ein wirklicher Streit zwischen ihnen stattgefunden.

«Auf der Rückreise bin ich für eine Weile in Kreta geblieben», sagte Goodyear schließlich, in Gedanken versunken. «Eine faszinierende Insel! Vor vielen tausend Jahren hatten sie eine Zivilisation, die der unseren auffallend ähnlich war. Ein auf Gerechtigkeit bedachtes Volk, doch nicht religiös. In Knossos, das mit London verglichen werden kann, hatten sie eine Stufe erreicht, wo sie dachten, der menschliche Verstand allein könne alle ihre Probleme lösen. Vielleicht machte Adam den gleichen Fehler! Jedenfalls kamen die Barbaren, die nun wirklich einen Gott hatten – einen bösen Gott, aber immerhin einen, der von allen angebetet wurde, den Gott des Kriegs –, der ihre ganze Kultur ausmachte, und um die Kreter war es geschehen! Aber nicht», fügte er ernsthaft hinzu, «mit dem kretischen Geist, das heißt, dem menschlichen Geist, von dem der Verstand, wie wir annehmen, nur ein Teil ist. Und ich glaube, wenn dieser Geist trotz aller Rückfälle in seinem Verständnis und in seiner Demut eine Stufe der Entwicklung erreicht hat, wo es dem wirklichen Gott, dem Gott der Liebe, falls er je so duldsam sein sollte, bei dem bloßen Gedanken an ihn nicht mehr schlecht zu werden braucht, dann wird er bereits weitgehend über fast alle Hindernisse triumphiert haben, und wir werden eine wirkliche Welt haben.»

«Aber ich glaube nicht, daß das mit der Entwicklung des Verstands auf Sie und auf mich zutrifft, wie?» gluckste Firmin. «Wie?»

Goodyear, persönlich verletzt, sagte nichts.

Der Klang der Maschinen füllte die Stille: von tief unten herauf schlugen Pleuel und Achse schrill ihre Gongs zusammen; weiter entfernt schrien die Turbinen stürmisch auf, während das Wasser heftig gegen die geschwungenen Schaufeln der Radränder gedrückt wurde: und ein kompaktes, zischendes Knäuel aus Tönen schlängelte sich durch den niederen Tunnel des Durchgangs zur Bar fort.

Metall ...

«Ach ja, es ist schon eine komische Welt», sagte Firmin.

Die Männer lachten.

«Trinken Sie einen. Das Beste, was wir tun können. Ich sehe gern einem Geistlichen beim Trinken zu.»

«Viele von ihnen sind versucht, darin Zuflucht zu suchen.»

Die Gläser wurden gebracht.

«Nun», seufzte Goodyear, «ich sage es noch einmal. Ich werde mit leeren Händen zurückgeschickt. Ja, und Sie haben recht, es scheint, es *ist* eine große Veränderung im Gange, auf die man aber nicht den Finger legen kann.»

«Aber Sie sind immer noch ein junger Mann.»

«Vierunddreißig.»

«Sie werden es kaum glauben, aber ich bin nur neununddreißig. Fünf Jahre können einen Unterschied machen.»

Sie tranken.

«Vor sieben Jahren dachte ich, daß ein Missionarsleben das richtige für mich sei», sagte Goodyear und atmete die heißen Gerüche des Schiffs ein, die sich zu Erinnerungen an Abschiede verdichteten, «nach zwei Jahren ging ich zurück und heiratete. Diesmal bin ich aufgebrochen und habe es nur sechs Monate ausgehalten. Haben Sie jemals eine Geschichte gelesen, die *‹Unter den Blinden›* heißt, ich glaube von Wells? Es geht um einen Bergsteiger, der in den Krater eines Vulkans fällt, unverletzt bleibt, aber in einem Land aufwacht, wo jeder blind ist. Der Refrain ‹Unter den Blinden ist der Einäugige König› geht in seinem Kopf herum. Er will die Leute sehen machen. Dann entdeckt er, daß sie in ihrem Blindsein glücklich sind, und so klettert er aus dem Krater wieder heraus, bevor es zu spät ist. Der Haken nämlich ist, daß sie ihn auch blind machen wollen.»

Er behielt das Pendel im Auge.

«Na denn, auf Ihr Wohl», sagte Firmin.

«Ja, auf Ihres.»

Folkstone war nun längsseit. Sie kletterten auf das Deck in das wilde Wetter hinauf. Ein auslaufender Frachter fuhr vorbei, seine Sirene klang rauh und sorgenvoll. Ruckartig senkte sich die Landebrücke, klaffte über dem Abgrund, hakte dann mit einem Krach in ihrer Position ein.

«Klicketi Klick», sagte Firmin.

Ihr Schiff hatte nun seinerseits aufgehört, eine Schiff zu sein und war zu einem riesigen Bahnhof geworden. Die Passagiere, ihre Schals eng über den Mund geschlungen, Paß in der Hand, warteten in Reihen auf ihre Landekarte. Es hatte fast zu regnen aufgehört, doch fielen noch einige ungestüme Tropfen. Feuchtes Licht holte vertraute Reklamen hervor, nostalgische: Carter's Little Liver Pills, Players Cigarettes, Bovril: ein weinender Bulle, der – ironischerweise, wie er dachte – in eine Büchse Fleischextrakt schaute: ‹O weh, mein armer Bruder!› Ein auf einem Abhang über ihnen errichtetes Kino zeigte Chaliapin und George Robey in Pabsts *‹Don Quichotte›;* Walt Disneys *‹Drei kleine Schweinchen›*.

Diesmal kam es Goodyear, als er seinen Fuß auf die Pier setzte, merkwürdigerweise so vor – er wußte nicht, worauf es gründete –, als tausche er nicht so sehr Elemente wie Welten. Er kam ohne Schwierigkeiten durch den Zoll und schlenderte dann, Pfeife im Mund, den Bahnsteig hinunter, wo jeder Zeitung zu lesen schien. Die Zeitungsjungen riefen, und er kaufte eine *Star* von einem Jungen, der die Schlagzeile: *Greueltaten von Hitler. Deutschland unter Waffen* wie eine Schürze trug.

Was bedeutete das alles? Hatte wirklich ein weiterer Krieg schon begonnen? Nein. Unmöglich. Und Goodyear wurde auch von der Zeitung beruhigt, die ungeachtet der Schlagzeilen lediglich eine zurückhaltende Darstellung von einem Aufstand in der Armee dieses Typen Hitler gab, bei dem ein paar Braunhemden oder Schwarzhemden – oder machten jene Mussolinis Bande aus? – erschossen worden waren. Arme Kerle. Und dennoch konnte er das Gefühl nicht loswerden, daß dies nur eine Bestätigung dessen war, was er ahnte; daß gerade ein neuer Zyklus begann, sich das Antlitz der Welt veränderte ...

In einem Bogen lag der lange Schiffszug nach London an dem geschwungenen Bahnsteig und zitterte, um wegzukommen. Plötzlich hatte Goodyear eine schreckliche Eingebung: der 7 Uhr 30 nach Knossos ...

Er traf Firmin im Pullman, und sie setzten sich einander gegenüber.

«Sie sind wieder dabei», sagte Firmin, während er die Zeitung aufschlug. «Irgendwo läuft etwas absolut falsch.»

«Ja, sie sind wieder dabei.»

«Sie zwingen uns jetzt noch einen auf.»

Firmin schien unruhig. Zweifel und Ärger standen ihm ins Gesicht geschrieben, als er die Zeitung aufschüttelte. Sie mußten lange warten, bis die letzten Passagiere vom Zoll abgefertigt waren.

«Ich mache über das, was ich bei mir habe, nie falsche Angaben.» Firmin rutschte nervös auf seinem Sitz hin und her. «Ich gebe es immer an.»

«Krieg. Was nützt Krieg? Was steht bevor? Aber ich glaube nicht wirklich, daß dies Krieg bedeutet», sagte der in seine Zeitung vertiefte Goodyear.

«Krieg», sagte Firmin unwirsch, «es ist nicht genug Geld für Krieg da – noch nicht.»

«Und was auch bevorsteht hat seinen Reiz.»

«Es ist nie genug Geld da, aber sie treiben es immer auf», sagte Firmin.

Goodyear wußte nicht recht: belüge ich auch mich? Indem ich mich selbst hinters Licht führe, mich durch den Zoll schmuggle, wo doch ein Preis auf meinen Kopf ausgesetzt sein müßte, ein zollpflichtiges Metall.

Ein Mann kam außen vorüber, langsam, er prüfte die Räder; das Eisen schallte laut, einmal, zweimal, dreimal. Grundstoff. Metall. Fälschung. Der letzte Passagier hastete in den Pullman. Aber noch wartete der Zug.

Endlich setzten sie sich in Bewegung, brüsk wieder zu einem Halt gebracht.

«Man muß es an der Wurzel kurieren», sagte Goodyear mit einer in dem Wagen plötzlich lauten Stimme.

«Was ist die Wurzel?»

«Ja, genau, was?» Er senkte die Stimme. «Wir selber wahrscheinlich, ebensosehr wie alles andere. Es hat keinen Sinn, Böses mit Bösem zu vergelten.»

Die Maschine setzte sich wieder in Bewegung, verschluckte die wahren, falschen Worte, kam mit einem heftigen, krampfhaften Zischen wieder zum Stehen. Rauchfetzen jagten an den Fenstern hoch und vorbei. Arbeiter bohrten. Bohrten nach Gas; die schrecklichen Kohlenwasserstoffe wehten aus Rissen im Boden, dehnten sich aus, bemächtigten sich der Menschheit. Er starrte durch die beschlagene Scheibe hinaus. Gift, dachte er. Chaos, Veränderung, alles veränderte sich: die Passagiere veränderten sich: eine Veränderung, gewaltig wie die See.

Goodyear lehnte sich in seinen Sitz zurück. Er konnte die Veränderung in seinem Inneren spüren, aus irgendeinem Grund zogen sich seine Gedanken in die Länge: eine heimtückische Metallurgie war in ihm am Werk, während seine Erze, seine Legierungen isoliert wurden. Der titanische Lärm der Nachtschicht hämmerte auf seine Nerven ein, riß sie auf, als wolle er den feinen Draht seines Bewußtseins aus ihm herausziehen.

Er wußte, daß er durch das wahre Muster der Reise, das Urbild der an der Oberfläche so trivialen Geschehnisse verändert worden war. Und er spürte, daß die anderen Passagiere, die vorläufig nur als diese mörderische Schlagzeile *Deutschland unter Waffen* zu sehen waren, davon ebenfalls betroffen, sogar an einem kritischen Punkt ihres Lebens waren, sich einem weiteren Chaos, einer neuen Verschlungenheit schwermütiger Gegensätze zuneigten.

Hier, in seinem Sitz, *war* er für einen Moment Firmin, der Firmin, der aus dem Krieg zurückgekehrt war, verwundet, nur um herauszufinden, daß er ein anderer werden mußte. Es war fast, als hätte ihm Goodyear die Wahrheit gesagt. Und er wußte mit einem Blick auf Firmin, daß auch er verändert worden war.

Vielleicht müßte Firmin jetzt, wie schon einmal, einen anderen, unerwarteten Entschluß fassen.

Und ein Ausdruck des Zweifels, vor einer Stunde während eines müßigen Gesprächs nur ein Schatten auf ihrer beider Gesichter, war ein Teil ihrer Züge geworden, wie ihnen zusätzlich auferlegte Jahre.

Plötzlich, vorsichtig, aber mit einer sich beschleunigenden Bewegung zog der Zug noch einmal an, zögerte für einen Augenblick, schlingerte und war schließlich, als die Räder ihren Rhythmus fanden, auf und davon.

Rote und grüne Lichter schnellten vorüber, während der Zug an Geschwindigkeit gewann und metallene Flächen sich dehnten und zusammenzogen, auseinanderliefen, sich verengten. Folkstone 3 West.

... Metall, echtes Metall, Falschmetall, sagte der Zug. Schangkat, Djelapang, Lügner und Schwindler. Mangan, Chrom, altes Falschmetall. Goodyear wischte über das beschlagene Fenster und schaute hinaus. Der Zug ratterte über Weichen. Nicht genug Geld, nicht genug Geld, nicht genug Geld für Krieg. Folkstone 4 Circuit. Circuit Fund. Geldkollekte. Silber und Kupfer, Silber und Gold. Mit einem Schlag war sein nacktbeiniger Junge wieder da, er rannte, rannte wilder, rasender denn je, mit auf ihn fallenden roten und grünen Lichtern, Silber- und Kupferlichtern, rannte durch die metallenen Felder, deren metallene Furchen mit Feuermünzen übersät waren. Renn-weiter-kleines-Gespenst-der-Jugend-des-nächsten-Krieges-es-gibt-noch-Margeriten-zu-pflükken, sagte der Zug, der jetzt durch einen Tunnel fuhr. Goodyear fühlte sich erschöpft und schloß die Augen. Er fuhr aus dem Schlaf hoch. Die Passagiere in dem Abteil lasen oder rauchten friedlich. Ein Mädchen strickte in einer Ecke. Die Gänge entlang schwankten Männer, torkelten wie Blinde, die Hände gegen Holz oder Glas ausgestreckt, Männer, die ihren Weg durch die Welt ertasteten, Schlafwandler, Somnambule …

Seine Augen wandten sich wieder dem Fenster zu. Ein Mann beim Graben, scharf beleuchtet durch einen Funkenregen wie von roten Blüten, hob langsam seinen Spaten. Davies' Worte kamen zurück: ‹Der Mann, der sein Grab schaufelt, das Mädchen, das sein Leichentuch wirkt.› Es ist nie zu spät, nie zu spät. Von neuem beginnen. Du bohrst die Erde an. Silber und Kupfer. Silber und Gold. Der Mensch macht sein Kreuz. Mit Tiegelstahl. Unedles Metall; Falschmetall; Mangan; Chrom; macht sein eisernes Kreuz; mit Tiegelstahl.

Der Zug erklomm einen Hügel. Der Junge fiel im Feuer. Die Stricknadeln blitzten auf wie Bajonette. Stahlwolle. Die roten Lichter blitzten auf. Grüne Lichter. Strick. Treffer! Strick. Tuch! Strick. Stoß! Eisen, Stahl, sagte der Zug. Eisen, Stahl. Stahl Eisen. Eisen, Zinn. Eisen, Zinn. Stahl und Eisen Stahl und Eisen Stahl und Eisen Stahl und *Eiiiiiisen!* …

Das Tempo war jetzt ungeheuer, aber Goodyear und Firmin schliefen fest unter der Lampe, während der Expreßzug wie eine Granate fortheulte, durch eine metallene Welt.

China

China ist was Verworrenes für mich, gerade so wie ein Traum, meistens ein verkorkster Traum. Denn es nimmt, obschon ich dort gewesen bin, mitunter eine Beschaffenheit an, die meine Vorstellung ihm verliehen hatte, bevor ich hinging. Aber selbst wenn ich dort lebte, würde es mir immer noch unwirklich vorkommen; denn die meiste Zeit denke ich nicht daran, und wenn ich es tue, bringt es mich zum Lachen.

Ich lebe jetzt unten bei den Docks in Hoboken, New Jersey, und ab und zu gehe ich hinunter, um ein Schiff zu sehen, das den Westlichen Ozean überquert hat. Das macht mich nicht heimwehkrank oder weckt in mir die alte Liebe zu dem Meer oder für Erinnerungen, die ich in China bekommen habe. Noch macht es mich unglücklich zu denken, daß ich dort war und im Grunde doch so wenig Erinnerungen daran habe.

Ich glaube nicht an China.

Sie können sagen, daß ich dem Mann gleiche, von dem Sie vielleicht gelesen haben, der sein Leben als Seemann auf einem Schiff verbrachte, das regelmäßig zwischen Liverpool und Lissabon hin- und herfuhr, und bei seiner Entlassung über Lissabon nur sagen konnte: die Straßenbahnen fahren dort schneller als in Liverpool.

Wie Bill Adams kam ich frisch von einer englischen Public

School, wo ich einen Zylinder und einen Spazierstock mit Silberknauf getragen hatte, zur See, aber da hören die Ähnlichkeiten auf. Ich war Heizer.

Zu dieser Zeit war in China ein schrecklicher Krieg im Gange, und auch daran glaubte ich nicht. Von genau der anderen Seite des Flusses, wo wir festgemacht hatten, feuerte China seine Gewehre ab. Dum! dum! dum!, aber die ganze Sache fegte über unsere Köpfe hinweg, ohne uns zu berühren. Nicht daß ich auch nur eine Spur mehr daran geglaubt hätte, wenn wir alle zur Hölle befördert worden wären: Wir bringen solche Schicksalsschläge nicht mit uns selber in Verbindung. Aber es war so, als träumte man – wie ich es oft tue –, völlig unversehrt unter dem Tumult eines gewaltigen Wasserfalls zu stehen, Niagara zum Beispiel.

Wir lagen Bug an Bug mit einem englischen Schlachtkreuzer, *H. M. S. Proteus.* Achtern war eine hohe, buntbemalte Ningpo-Dschunke. Abgesehen davon gab es, bevor die Schauermänner kamen, in unserer Umgebung wenig, das darauf hindeutete, daß wir nicht zu Hause waren: Selbst der Krieg, so greifbar er auch durch den Flußnebel schien, der das gegenüberliegende Ufer auslöschte, verscheuchte diese Illusion nicht: Viel mochte während unserer Abwesenheit von England im Guten oder Bösen geschehen sein. Und das bringt mich vielleicht zu dem einzigen für mich wirklich entscheidenden Punkt. Wir sind immer ‹hier›. Sie haben das nie empfunden? Nun, bei mir hatte es etwas sehr Zwingendes. In einer englischen Zeitung konnte ich von der berühmten Stadt lesen, die vor unserer Nase lag, in sich zerrissen, nicht nur durch eine mögliche Invasion, sondern auch von Drohungen ihrer eigenen Oligarchie gepeinigt, aber wenn uns der erste Maschinist verbot, den Fluß zu überqueren, machte ich kehrt und legte mich schlafen. Ich glaubte überhaupt nicht dort zu sein. Und als vom Chefsteward ein Cricketspiel zwischen der *Arcturion*, was der Name unseres Schiffes war, und der *H. M. S. Proteus* vorgeschlagen wurde, war ich mir sicher, nicht dort zu sein. Ich hatte es indes kommen sehen.

Sie fingen damit im Indischen Ozean an.

Ich kam bei acht Glasen von der Wache, und als ich die Kombüse erreichte, wußte ich, daß sie damit anfingen.

Die Matrosen standen im Kreis vor ihrem Logis und wikkelten die Stränge von Hievtau auf. Sie waren wie alte Jungfern, dachte ich, die jede der anderen Strickzeug hielten. Dann sah ich, daß sie Cricketbälle machten. Die *Arcturion* führte eine Ersatzschraube mit, die am Einschnitt des Hecks angeschäkelt wurde, und der Kapitän zog Kreidestriche darauf. Ein Dreistab!

Während ich futterte, wußte ich, daß sie damit anfingen, und als ich schließlich rauskam, hatten sie begonnen. Vom Besenschrank bis zu der Ersatzschraube entlang der Außenseite des Brunnendecks war es ungefähr die Länge eines Cricketfelds, und am anderen Ende warf Hersey gerade auf den Dreistab. Er nahm einen langen Anlauf schnurstracks die Niedergangstreppe hinunter und dann warf er. An dem auf der Ersatzschraube mit Kreide gezeichneten Dreistab zitterte Lofty. Er wirbelte mit einem Schlagholz, das ihm der Schreiner gemacht hatte, in der Luft herum. Der Ball wurde an Hersey zurückgegeben. Feldspieler standen auf den Lukendeckeln, auf den Dampfrohrleitungen, inmitten der Wäsche. Jetzt warf Hersey erneut. Lofty hatte danebengeschlagen. Hersey bekam noch einmal den Ball. Einer oder zwei wickelten immer noch Tauschränge auf.

Als mich die Matrosen sahen, fingen sie mir zum Gefallen geziert zu sprechen an. O hör mal, gib schon das vermaledeite Ei weiter – und so fort.

Ich beschloß, daß ich diese Männer haßte, und dann wünschte ich mir, ich könnte sie zerdrücken: Sie würden nie was anderes als Zu-kurz-Gekommene sein. Salbungsvolles Gehabe und Kriecherei flossen mitten durch ihre Adern, und selbst jetzt halte ich es aus reinem Groll für notwendig, diese Dinge zu sagen. Den Tonfall eines Arbeiters nachmachend, waren sie sogar noch widerlicher als meine eigene Klasse.

Alte bourgeoise Dienstmädchen mit Häubchen und Besen, das ist es, was englische Matrosen sind.

Ein paar angeschwärzte Heizer standen herum, schauten zu und grinsten wie Nigger. Sie würden nicht mitmachen. Sie waren solidarisch, sie hatten einen Feind, den Chefsteward. Die Matrosen und die anderen waren kleine Judasse, die es mit beiden Seiten nicht verderben wollten. Sie betrogen sich untereinander und waren fähig, einem die Milch aus dem Tee zu klauen. Aber die Heizer waren solide. Wir waren Spitze. Und wir machten wegen des Essens gemeinsam gegen den Chefsteward Front.

Sie hatten angefangen mich aufzuziehen: «Wo ist Heton, Hoxford und Cambridge?» Aber am Ende nahmen sie die Haltung an, Eton, Oxford, Cambridge und das Heizerlogis. Jedenfalls ist er nicht Matrose geworden, und das ist schon was. Das war ihre Haltung.

Ich war ein Kohlenzuträger und arbeitete in der Schicht von zwölf bis vier, auch Herzogswache genannt, und nach einiger Zeit akzeptierten sie mich stillschweigend als einen der Ihren. Ich arbeitete hart und murrte nicht. Ich achtete sie, doch war das für sie keine Frage von hier oder dort. Aber jetzt, da wir zusammenstanden und auf die Matrosen schauten, blickten sie mich versteckt von der Seite an, als hätten sie mich im Verdacht, zum Feind übergelaufen zu sein.

Dann kam der Chefsteward zigarrerauchend aus der Kombüse und machte am oberen Ende der Niedergangstreppe eine gebieterische Pause. Paffend stieg er sie dann langsam hinab.

«Hallo, Jungs, gebt mir einen Schläger.»

Und Lofty reichte dem Chef das Schlagholz.

Bald darauf drosch er die Bälle über das ganze Feld; zwei feuerte er in den Indischen Ozean, und es war ziemlich klar, daß er sich wichtig vorkam. Oh, es war ziemlich klar, daß er dachte, er habe einiges auf dem Kasten.

«Dämliche Matrosen.» Die Heizer sprachen die Worte sehr gedehnt.

In jener Nacht, als ich rauchend das Achterdeck in weichen Pantoffeln auf und ab ging, kam der Chefsteward auf mich zu.

«Sag mal», begann er. «Du spielst doch sicher Cricket. Ich bin jetzt nicht *nur* ein Chefsteward, ja? Ich bin nicht ohne Bildung. Laß mich mal sehen, bist du nicht *der* ...»

Plötzlich hatte ich das Gefühl, ich müßte ihm sagen, daß ich es war. Ich sagte ihm, wie es mir in dem Eton-und-Harrow-Spiel ergangen war, wie ich gegen die Australier spielte, daß es nichts gab, was ich nicht über Cricket wüßte. Ich sagte ihm auch, er solle den Mund zuhalten, aber ich hätte wissen müssen, daß man einem Seemann nicht trauen darf.

Erst nachdem er gegangen war, fielen mir all die Dinge ein, die ich ihm hätte sagen sollen.

Er hielt sein Versprechen so lange, wie es ihm paßte, nur so lange, wie es ihm paßte. Inzwischen kamen wir China immer näher.

Und je näher wir kamen, um so weniger glaubte ich daran.

Was ich Ihnen vermitteln will, ist, daß es für mich überhaupt nicht China war, es war einfach hier, an dieser Pier. Aber das ist nicht wirklich das, was ich sagen wollte. Worauf ich hinaus will: Das, was nicht war, war China, irgendwo weit weg. Was war, war hier, etwas Kompaktes, Greifbares, Undurchdringliches. Aber vielleicht auch weder das eine noch das andere.

Sehen Sie, ich hatte mich hinter der Barriere eines Lebens auf See verschlissen, hinter einer Barriere aus Zeit, so daß ich, wenn ich an Land ging, nur wußte, es war *hier.* Selbst wenn ich nach ein paar Gläsern den Kopf hob und um mich schaute, vergaß ich immer, daß ich in China war. Ich war ‹hier›. Verstehen Sie das?

Das erste, was ich erfaßte, als ich dort ankam, war das Ausmaß dieses Irrtums. Ich will nicht sagen, daß ich ernüchtert war, das möchte ich klarstellen. Ich empfand nicht mit Conrad, ‹daß das Ersehnte schon vorbeigezogen, unerkannt in einem Seufzer, in einem Aufblitzen dahingegangen war mit der Jugend, mit der Kraft, mit den romantischen Illusionen›. Zu diesem Seufzer, diesem Aufblitzen kam es nie. Es gab keinen Augenblick, der für mich den Osten kristallisierte. Dieser Augenblick trat nicht ein. Was geschah, war anders. Ich hatte mich auf eine Sache gefreut, und ich nannte sie China, doch als ich China erreichte, freute ich mich von genau der gleichen Warte immer noch darauf. Vielleicht war China gar nicht dort, existierte nicht für mich, so wie ich nicht für China existieren konnte.

Und ich begann sogar meine Arbeit für unwirklich zu halten, obgleich es immer eine Stimme gab, die sagte: ‹Mit einem Roststab in deinen Händen wirst du früh genug erfassen, wie wirklich sie ist.›

Dann waren wir längsseit, und nicht viel später rief mich der Kapitän zu sich.

«Wir haben ein Cricketspiel mit der *H. M. S. Proteus* ausgemacht, und wir wollen es ihnen zeigen», sagte er.

«Jawohl», sagte der Chefsteward, «wir haben ein Cricketspiel ausgemacht, und wir wollen diesen schlauen Blaujacken zeigen, was wir von ihnen halten.»

«Und du wirst mitspielen», sagte der Kapitän.

«Jawohl», sagte der Chef. «Und jetzt mußt du dich ein bißchen schniegeln, dich ein bißchen fesch machen, weißt du. Du kannst nicht mit einem alten Handtuch um den Hals spielen. Was sollen die sonst von uns denken?»

«Richtig», sagte der Kapitän. «Das letzte Mal, als du mit einem Handtuch um den Hals an Land gingst, warst du eine richtige Schande für das Schiff.»

«Du warst der einzige Mann, der ohne Krawatte an Land ging», sagte der Chef.

«Ich wollte schwimmen gehen», begann ich. Aber was hatte es überhaupt für einen Sinn, mit diesen alten Waschweibern zu sprechen? Und ich war höchst amüsiert, einmal mehr in das korrupte Herz des Lebens, das ich hinter mir gelassen hatte, hinabzuschauen; es kam mir äußerst komisch vor, daß meine Existenz sich überhaupt nicht geändert hatte und daß ich, wo immer ich war, bewertet, aufgespürt wurde durch meinesgleichen.

Kurz danach kam der Chefsteward zur Back hinunter mit jeder Menge Phantasiekleider aus weißem Segeltuch, die er irgendwo ausgegraben hatte, und ziemlich schnell fand ich welche von der Vorhangstange in meiner Koje baumeln. Während ich mich umzog, grinsten die Heizer.

«Jetzt wird es für dich wie zu Hause, Jimmy.»

Kein anderer Heizer war für das Spiel ausgewählt worden, und innerlich kochte ich.

Draußen sagte der Chef: «Wir werden diesen Blaujacken zeigen, in was für einem ordentlichen, respektablen Aufzug wir antreten können.»

Dann schlenderten wir die Pier entlang zum Cricketfeld,

das zwischen einem Haufen Schlacke und einem Kohlendepot lag. Ein Flußnebel rollte trübe hinüber zu der Stadt, aber wo wir hingingen, war die Luft klar, abgesehen von einem feinen Kohlenregen, der uns von den Halden ins Gesicht nieselte und unsere weißen Hosen mit Staub sprenkelte. Nun könnte man aus dieser Sache wirklich eine hübsche Charakterstudie machen. Da war der gute alte Lofty und Hersey und Sparks und Tubby und die drei Maate und der Doktor, und von jedem von ihnen könnte man eine hübsche Beschreibung liefern. Bedauerlicherweise kann ich aber keine Unterschiede machen, vielleicht liegt es an mir, aber sie sehen mir alle gleich aus, diese Seeleute: sie waren alle Hurensöhne, und jetzt, nach so langer Zeit, kann ich sie, wenn überhaupt, nur durch diesen feuchten Nebel sehen, der damals war. Also werde ich Sie damit nicht behelligen. Sie sahen nur einfach verdammt komisch aus, wie sie die Pier hinuntertrotteten. Und ich muß am allerkomischsten ausgesehen haben, wie ich mit ihnen entlangtrottete, wir alle in den weißen Phantasiekostümen, die uns der Steward gegeben hatte. Einige Hosen viel zu kurz und einige viel zu lang, was uns mehr wie ein Haufen chinesischer Kulis als ein ordentlicher, respektabler Aufzug aussehen ließ.

Dann kamen die Blaujacken aus der *H. M. S. Proteus,* und sie hatten sich keinen Deut um irgendwelche Weißtöne geschert. Manche trugen Khakishorts, manche Kattunzeug, andere Unterhemden mit Khakihosen. Und jetzt, nach so langer Zeit, sehe ich sie nur durch eine Art Nebel. Ich kann nicht einmal sagen: Nun, da war ein Bursche, der war so. Verdammt, es waren einfach Blaujacken, irregeführt, ausgebeutet, einfältig, hübsch oder häßlich wie wir übrigen.

Ihr Kapitän und der Chef warfen eine Münze. Der Chefsteward gewann.

Der Kapitän der *Arcturion*, der nicht spielte, dem man aber nachsagte, er sei auf Cricket ‹scharf›, stand hinter einem Magazin und verfolgte das Spiel mit äußerst kritischer Miene.

«Es war mein Ruf», lachte ich. «Sie hätten laufen müssen.»

«Ich dachte, du hast gesagt, du könntest Cricket spielen», murrte der Chef.

«Ich habe gerufen. Es war an Ihnen zu laufen», lachte ich.

«Lach nicht», sagte der Chef.

Aber ich lachte ordentlich weiter. Dann tauchte der Kapitän auf, und er schien ebenfalls verdammt wütend zu sein.

«Über was lachst du? Ich dachte, du hast gesagt, du könntest Cricket spielen», sagte er. «Und du hast unseren besten Mann ausgeschaltet und dich selbst ausmachen lassen. Und ich dachte, du hast gesagt ...»

«Heizer spielen nicht Cricket», sagte ich kurz und ging von der Pier weg.

Einmal schaute ich zurück. Lofty legte sich mit einem Querschlag mächtig ins Zeug; er verteidigte die Ehre des Brunnendecks. Dann strömte der Regen herab und machte dem Spiel ein Ende. Es war die Zeit des Monsuns.

Ich rannte zur *Arcturion* zurück und wechselte schnell die Kleider.

Am Eingang beobachtete ich, wie die anderen traurig in die Back zurückschlurften. Die weißen Hosen klebten an ihnen wie nasse Lumpen. Dum! Dum! Dum!

Weitere Heizer gesellten sich zu mir am Eingang, und wir sahen den Schauermännern zu, wie sie unsere Ladung löschten, Aufklärungsflugzeuge, einen Bomber, ein Kampfflugzeug, Maschinengewehre, Flakgeschütze, 25-Pfund-Bomben, Munition. Ich glaubte an all das nicht. Ich war nicht dort.

Und das ist es, was ich Sie noch einmal fragen wollte. Haben Sie nicht schon mal das Gefühl gehabt, daß Sie sich so gut kennen, daß der Boden, den Sie betreten, Ihr Boden ist: Es ist niemals China oder Sibirien oder England oder sonstwo. Es ist immer Sie. Es ist immer die Erde von Ihnen, das Holz, das Eisen von Ihnen, der Asphalt, auf den Sie den Fuß setzen, ist der Asphalt von Ihnen, sei es auf dem Broadway oder dem Chien Mon.

Und Ihren Horizont tragen Sie in Ihrer Tasche, wo immer Sie sind.

Unter dem Vulkan

I

Als sie die Calle Nicaragua zu der Bushaltestelle hinaufgingen, drehten sich Hugh und Yvonne zu den marmeladefarbenen Vögeln um, die in den Weinstöcken herumturnten. Ihr Vater jedoch, von ihren heiseren Schreien gepeinigt, schritt stur durch den blauen heißen Novembernachmittag.

Der Bus war zunächst nicht sehr voll, und bald rollte er wie ein Schiff in einer schweren See.

Jetzt aus dem einen, dann aus dem anderen Fenster konnten sie den großen Berg Popocatepetl sehen, um dessen Fuß sich Wolken wie Rauch von einem Zug kräuselten.

Sie kamen an hohen, sechseckigen Anschlagsäulen vorüber, an denen Plakate für das Kino Morelos klebten: *‹Las Manos de Orlac›: con Peter Lorre.* Auf anderen Ankündigungen des gleichen Films sahen sie, als sie durch die kleine Stadt klapperten, bluttriefende Mörderhände.

«Wie Paris», sagte Yvonne zu Hugh und deutete auf die Kioske, «Kub, Oxygénée, erinnerst du dich?»

Hugh nickte und stammelte etwas, doch das Schlingern des Busses ließ ihn jede Silbe verschlucken.

«... Erinnerst du dich an Peter Lorre in *‹M›*?»

Aber sie mußten es aufgeben. Die geduldigen Bodendielen quietschten zu laut. Sie kamen an dem Bestattungsinstitut vorbei: *Inhumaciones*. Von seiner Stange am Eingang blickte sie ein Papagei mit schiefgelegtem Kopf an. Über ihm fragte ein Schild: *Quo Vadis?*

«Herrlich», sagte der Konsul.

Am Markt hielt der Bus, um einige Indiofrauen aufzunehmen, die Körbe mit lebendem Geflügel bei sich hatten. Ihre derben Gesichter hatten die Farbe dunkler Töpferware. Mit schweren gewichtigen Bewegungen brachten sie sich unter. Zwei oder drei von ihnen hatten Zigarettenstummel hinter dem Ohr, eine andere kaute an einer alten Pfeife. Ihre gutmütigen alten Götzengesichter waren runzelig von der Sonne, aber sie lächelten nicht.

Dann lachte jemand, die Gesichter der anderen Passagiere legten sich langsam in fröhliche Falten; der Camión schmiedete die alten Frauen zu einer Gemeinschaft zusammen. Zwei von ihnen schafften es trotz des Radaus, sich eifrig zu unterhalten.

Der Konsul, der ihnen höflich zunickte, wünschte sich, auch er wäre auf dem Weg nach Hause. Und er fragte sich, wer diese gräßliche Reise zu der Fiesta in Chapultepec vorgeschlagen hatte, zu einem Zeitpunkt, da ihr Wagen aufgebockt und kein Taxi zu bekommen war! Die Anstrengung, einen Tag lang ohne einen Drink auszukommen, und sei es auch nur, um seiner Tochter und ihrem jungen Mann, die heute morgen von Acapulco hergekommen waren, einen Gefallen zu tun, war viel größer als er angenommen hatte. Vielleicht war es nicht die Anstrengung, einfach nur nüchtern zu sein, die sich so sehr bemerkbar machte, als die, mit dem Vermächtnis zu Rande zu kommen, das ihm jüngste, beispiellose Sauftouren wie ein drohendes Verhängnis hinterlassen hatten. Als Yvonne ihn zum fünftenmal auf den Popocatepetl hinwies, setzte er ein mattes Lächeln auf. Chimborozo, Cotopaxi – und da war er! Für den Konsul hatte der Vulkan ein finsteres Aussehen angenommen: wie eine Art Moby Dick schien er ihm, während er von einer Seite des Horizonts zur anderen schwang, einen Hinweis auf eine einzigartige und unheilbare Katastrophe zu geben.

Der Bus verließ schlingernd den Marktplatz, wo die Uhr auf dem Hauptgebäude mit den Ständen sieben Minuten nach zwei zeigte – es hatte gerade elf geläutet, die Uhr des Konsuls zeigte Viertel vor vier an –, rumpelte dann einen steilen, mit Kopfsteinen geplasterten Abhang hinunter und begann eine kleine Brücke über einer Schlucht zu überqueren.

War dies der gleiche *arras,* fragte sich Yvonne, der sich durch den Garten ihres Vaters schnitt? Der Konsul deutete an, daß es so war. Der Grund war unendlich weit unten, man blickte in ihn hinab wie vom Mastkorb eines Segelschiffs, obschon dichtes Laub und breite Blätter die wirkliche Tücke des Falls zum Teil verbargen. Auf den steilen Abhängen türmte sich der Unrat und hing sogar auf dem Laub. Als Yvonne sich umwandte, konnte sie, von dem halsbrecherischen Gefälle jenseits der Brücke, tief unten einen toten Hund sehen, die weißen Knochen schauten hervor, die Schnauze im Unrat.

«Was macht der Radscha-Kater, Paps?» fragte sie mit einem Lächeln.

«‹Gespannt über dem Chaos», knirschte der Konsul mit den Zähnen, «in dem sich Maske an Maske tummelt.›»

«Nur noch ein bißchen länger.»

«Nein. Ich werde *nie* wieder trinken. Nie mehr.»

Der Bus fuhr. Auf halber Höhe der Steigung, hinter dem

Abgrund, wartete vor einer buntbemalten Taverne, die *El Amore de de los Amores* hieß, ein Mann in einem blauen Anzug; er schwankte ein wenig und nagte an einer Melone.

Als sie näher kamen, dachte der Konsul, er erkenne den Mann als Teileigentümer der Cantina wieder, die jedoch nicht auf seiner Runde lag; aus dem Inneren hörte man Gesang von Betrunkenen.

Als der Bus hielt, erhaschte der Konsul dürstend einen Blick über die Jalousientüren hinweg auf den Barmann, der über die Theke lehnte und eindringlich auf mehrere lärmende Polizisten einsprach. Der Camión ratterte mit laufendem Motor, während der Fahrer in die Cantina ging. Er kam fast sofort wieder heraus und schwang sich auf seinen Sitz. Mit einem amüsierten Blick auf den Mann im blauen Anzug, den er offenbar kannte, legte er den Gang ein und fuhr los.

Der Konsul beobachtete fasziniert den Mann. Dieser war in der Tat sehr betrunken, und er empfand einen seltsamen Neid auf ihn, es konnte aber auch ein plötzliches Gefühl der Zusammengehörigkeit sein. Als der Bus in Sichtweite der Brauerei kam, der *Cervecería de Quahnahuac,* stieß der Konsul, dessen zu nüchterner Blick auf den breiten, zitternden Händen des anderen ruhte, schuldbewußt die eigenen Hände in seine Taschen, aber er hatte das Wort gefunden, um ihn zu beschreiben: *pelado.*

Pelados, dachte er, die Abgepellten, waren jene, die nicht reich zu sein brauchten, um die wirklich Armen auszubeuten. Es waren auch jene Halbblut-Politiker, die wie Sklaven arbeiteten, um für ein Jahr ein Amt zu ergattern, nur für ein Jahr, in dem sie so viel zur Seite zu legen hofften, um für den Rest ihres Lebens aller Arbeit zu entsagen. Pelado – es war ein zweideutiges Wort, kein Zweifel! Der Konsul lachte in sich hinein. Ein Spanier konnte damit den Indio meinen, den er verachtete, gebrauchte und mit – ah – ‹giftigem› Schnaps abfüllte. Während jener Indio den Spanier damit meinen konnte, oder es konnte, von jedem der beiden mit liebenswürdiger Verachtung gebraucht, einfach den bedeuten, der sich wichtig machte.

Aber was immer es meinen oder nicht meinen konnte, urteilte der Konsul, seine Augen immer noch auf den Mann im blauen Anzug geheftet, sicher war es richtig zu denken, daß das Wort nur aus einem Unternehmen wie der Eroberung herrühren konnte, da es einerseits Ausbeuter, andererseits aber auch Dieb bedeuten konnte. Stets auch umgekehrt galten die Schimpfworte, mit denen der Angreifer die, die er ausplündern will, in Verruf bringt!

Der Pelado, der für einige Zeit vor sich hingelallt hatte, war jetzt in einen Betäubungsschlaf versunken. Es gab keinen Schaffner auf dieser Fahrt, das Fahrgeld wurde beim Aussteigen an den Fahrer bezahlt, niemand störte ihn. Der staubige blaue Anzug, das Jackett offen, aber auf Taille gearbeitet, die spitzen Schuhe, heute morgen poliert und mit dem Sägemehl der Kneipe beschmutzt, wiesen auf eine Verwirrung in seinem Kopf hin, die der Konsul gut verstand: wer werde ich heute sein, Jekyll oder Hyde? Sein violettes Hemd, am Hals offen, so daß man ein Kruzifix sah, war zerrissen und stellenweise aus dem Hosenbund gerutscht. Aus irgendeinem Grund trug er zwei Hüte – einen billigen Homburg, der genau über den breiten Kopf seines Sombrero paßte.

Nun kamen sie an dem Hotel *Casino de la Selva* vorbei und hielten ein weiteres Mal. Fohlen mit schimmerndem Fell tollten einen Abhang hinunter. Der Konsul erkannte den Rücken von Dr. Vigil, der sich zwischen den Bäumen am Tennisplatz bewegte; es war, als führte er einen grotesken Solotanz auf.

Jetzt öffnete sich das Land vor ihnen. Zunächst säumten

rohe Steinmauern, dann, nachdem sie die schmalspurigen Eisenbahnschienen überquert hatten – entlang der Böschung lehnten Pearce-Öltanks gegen Bäume, als seien es Kissen –, Laubhecken voll leuchtender wilder Blumen mit tief königsblauen Kelchen die Straße. Grüne und weiße Kleidungsstücke hingen über den Maisgarben vor den niedrigen, grasbedeckten Häusern. Hier kletterten leuchtend blaue Blumen bis in die Bäume hinauf, die schon mit Blüten beschneit waren, und diese ganze Schönheit nahm der Konsul mit Entsetzen war.

Für eine Weile wurde die Straße besser, so daß Hugh und Yvonne miteinander sprechen konnten; dann, gerade als Hugh etwas über die *convolvuli* ausführen wollte, verschlechterte sie sich wieder.

«Sie ähneln Glockenblumen», versuchte der Konsul zu sagen, doch holperte der Camión in diesem Augenblick mit solchem Krach in ein Schlagloch, daß ihm das Herz zu stocken schien. Er gewann wieder Halt auf dem Sitz, und das Holz schickte einen stechenden Schmerz durch seinen Körper. Seine Knie schlugen aneinander. Mit dem Popocatepetl immer ihnen vorauseilend oder ihnen folgend holperten sie nun in eine tatsächlich sehr wilde Landschaft hinein. Dem Konsul kam sein Kopf wie ein offener Korb vor, der von Krabben wimmelte. Jetzt war es die Schlucht, die ihn heimsuchte und die mit scheußlicher Geduld, wie er sich einbildete, hinter ihnen herkroch, sich mal auf dieser oder jener Seite um die Straße wand. Die Krabben waren an der Rückseite seiner Augen, doch zwang er sich zur Munterkeit.

«Wo ist der alte Popeye denn jetzt hingegangen?» rief er aus, als der Vulkan gerade links aus dem Fenster glitt, denn obschon er vor ihm Angst hatte, fühlte er sich doch wohler, wenn er da war.

«Das ist, als führe man über den Mond», versuchte Hugh Yvonne zuzuflüstern, brachte die letzten Worte aber schreiend hervor.

«Vielleicht über und über mit Spinat bedeckt», antwortete Yvonne ihrem Vater.

«Diesmal genau auf den Archimedes drauf! Paß auf!»

Dann fuhren sie eine Zeitlang durch flaches Waldland, der Vulkan war außer Sicht, nichts war zu sehen außer Kiefern, Steinen, Tannenzapfen, schwarzer Erde. Aber wenn sie genauer hinschauten, merkten sie, daß diese Steine vulkanischen Ursprungs waren, die Erde verdorrt aussah, daß alles von der Gegenwart und dem Alter Popocatepetls zeugte.

Darauf kam der Berg selbst wieder ins Blickfeld, majestätisch oder von trauriger Erscheinung, schiefergrau wie Verzweiflung, in der Schwebe über seiner schlafenden Frau Ixtaccihuatl, beide jetzt in ständiger Berührung, was es vielleicht erklärte, beschloß der Konsul, dem es vorkam, als hätte Popo in seinem Auftreten auch etwas Lästiges, so als wisse er, daß die Leute von ihm erwarteten, dieses oder jenes zu tun oder zu bedeuten – als sei es nicht genug, der schönste Berg der Welt zu sein.

Hugh blickte sich in dem Camión um, der jetzt voller geworden war, und schätzte seine Umgebung ab. Er bemerkte den Betrunkenen, die alten Frauen, die Männer in weißen Hosen und violetten Hemden, und nun die Männer in schwarzen Hosen und weißen Sonntagshemden – denn es war ein Feiertag – und ein oder zwei jüngere Frauen in Trauer. Er versuchte, sich mit dem Geflügel näher zu befassen. Hühner und Hähne und Truthühner, ob in Körben oder noch in Freiheit, hatten sich alle gleichermaßen in ihr Schicksal ergeben. Die ausdrucksvollen, spindeldürren Klauen zusammengebunden, kauerten sie teilnahmslos unter den langen Sitzbänken, und nur ein gelegentliches Flattern zeigte, daß sie noch lebten. Zwei Hühnchen lagen zitternd und verschreckt zwischen Handbremse und Kupplung, die Flügel, schien es, zwischen den Hebeln verklemmt. Hugh empfand davor schließlich nur noch Langeweile. Der Gedanke an Yvonne sank in seinen Geist, schüttelte sein Hirn, breitete sich in dem Camión aus, drang in den Tag selbst ein, mit nervöser Leidenschaft.

Er wandte sich von ihrer Nähe ab und sah hinaus, nur um das Spiegelbild ihres klaren Profils und ihres glatten blonden Haares im Fenster zu sehen.

Der Konsul litt immer heftiger. Jeder Gegenstand, auf den sein Blick fiel, schien wie aufgeladen von einer grausamen, übersinnlichen Bedeutung. Er wußte, daß das bloße Holz des Sitzes imstande war, seine Hände zu verletzen. Und die Worte, die auf der Windschutzscheibe über die ganze Breite des Busses liefen: *Su salud estará a salvo no escupiendo en el interior de éste vehículo;* der runde Spiegel des Fahrers; die Inschrift darüber: *Cooperación de la Cruz Roja,* die drei daneben angehefteten Postkarten der Jungfrau Maria und ein Feuerlöscher; die beiden schlanken Vasen mit Margeriten über dem Schaltbrett, die Drillichjacke und der Besen unter dem gegenüberliegenden Platz, auf dem der Pelado saß, alles schien ihm jetzt belebt, mit böser Lebhaftigkeit an ihrer Reise beteiligt.

Und der Pelado? Das Rütteln des Camión machte es ihm schwer, in seiner sitzenden Stellung zu bleiben. Mit geschlossenen Augen und hin und her schwankend versuchte er sein Hemd in die Hose zu stopfen. Jetzt knöpfte er systematisch sein Jackett falsch zu. Der Konsul lächelte, er wußte, wie übergenau man im betrunkenen Zustand sein konnte: Kleider, auf unerklärliche Weise aufgehängt, von einem siebten

Sinn gelenkte Wagen, mit einem achten Sand in die Augen der Polizei. Nun hatte der Pelado Platz gefunden, sich der Länge nach auf der Bank auszustrecken. Und all das wurde meisterlich durchgeführt, ohne auch nur einmal die Augen zu öffnen!

Ausgestreckt – ein Leichnam – hielt er doch den Eindruck aufrecht, als bekäme er auf unheimliche Weise alles mit, was vorging. Trotz seiner Benommenheit war er ein Mann auf der Hut; die halbe Melone rutschte ihm aus der Hand, die Teile voller Kerne wie Rosinen rollten auf der Bank hin und her, doch, ohne zu sehen, bekamen es diese toten Augen mit: Sein Kruzifix glitt aus dem Hemd, aber es war ihm bewußt: der Homburg rutschte von dem Sombrero, fiel zu Boden, und obschon er keine Anstrengung machte, ihn aufzuheben, wußte er offenbar, wo er sich befand. Er sicherte sich gegen Diebstahl, während er Kraft für neue Ausschweifungen sammelte. Um in die Cantina eines anderen eingelassen zu werden, mußte er vielleicht aufrecht gehen können. Seine Voraussicht war bewundernswert.

Yvonne fühlte sich wohl. Hughs Gegenwart hatte sie vorerst von der Tyrannei, ausschließlich über ihn nachzudenken, befreit. Der Camión fuhr jetzt sehr viel schneller, er schlingerte, schwankte, sprang hin und her; die Männer lächelten und nickten mit dem Kopf, zwei Jungen, die sich hinten am Bus festhielten, pfiffen vor sich hin; und die bunten Hemden, die noch buntere Papierschlange der Fahrscheine in Rot, Gelb, Grün, Blau, die an einer Schlinge von der Decke baumelte, alles verband sich, um ihrer Reise ein gewisses Gefühl von Fröhlichkeit zu verleihen. Sie hätten zu einer Hochzeit fahren können.

Aber etwas von dieser Fröhlichkeit verging, als die Jungen absprangen. Das vorherrschende Violett der Männerhemden gab dem Tag einen beunruhigenden Glanz. Die vorüberfliegenden Kandelaberkakteen schienen ihr etwas Brutales an sich zu haben. Und auch diese anderen Kakteen, etwas weiter entfernt, wie eine Armee, die unter Maschinengewehrfeuer einen Hügel hinaufstürmte. Und dann war draußen plötzlich nichts mehr zu sehen als eine Kirchenruine voller Kürbisse, die Fenster mit langen Grasbärten. Das Äußere war von Feuer geschwärzt, und ein Hauch von Verdammnis lag darüber. Es war, als hätte Hugh sie erneut verlassen, und der Schmerz, der mit ihm verbunden war, glitt in ihr Herz zurück und nahm für einen Augenblick von ihr Besitz.

Busse hoppelten in der Gegenrichtung vorbei: Autobusse nach Tetecala, Jujuta; Busse nach Xiutepec, Xochitepec, Xoxitepec ...

Mit großer Geschwindigkeit bogen sie in eine Seitenstraße ein. Popocatepetl tauchte zu ihrer Rechten auf, eine Seite schön gerundet wie die Brust einer Frau, die andere gezackt und wild. Dahinter sammelten sich dahintreibende, hochgetürmte Wolken.

Auch der letzte Insasse fühlte nun, daß sie wirklich auf ein Ziel zusteuerten: sie waren zu einer geschlossenen Gesellschaft geworden, ausgeliefert dem stürmischen Willen des Fahrzeugs.

Sie donnerten weiter, vorbei an kleinen Schweinen, die die Straße entlangtrabten, einem Indio, der Sand siebte. Plakate an verfallenen Mauern schwammen vorüber. *Atchis! Instante! Resfriados, Dolores, Cafeaspirina. Rechace Imitaciones. ‹Las Manos de Orlac›: con Peter Lorre.*

Wenn der Weg besonders schlecht wurde, ratterte der Bus bedenklich und kam manchmal ganz von der Straße ab. Aber seine Entschlossenheit war stärker als diese Schwankungen: alle waren froh, ihm die Verantwortung überlassen zu haben und in einen Zustand eingelullt zu werden, aus dem zu erwachen schmerzlich sein würde.

Als ein an all dem Beteiligter stellte der Konsul mit eisiger, gleichgültiger Ruhe fest, daß er, während sie über eine endlose Folge von Schlaglöchern ruckten und hüpften, die die Zähne klappern ließen, sogar an die schreckliche Nacht zu denken vermochte, die ihn zweifellos erwartete, an sein von dämonischen Orchestern geschütteltes Zimmer, an kurze Perioden ängstlichen Schlafes, unterbrochen von eingebildeten Stimmen von draußen, die von bellenden Hunden herrührten, oder von seinem eigenen Namen, der von ankommenden eingebildeten Gesellschaften mit Verachtung unaufhörlich wiederholt wurde.

Der Camión richtete sich wieder auf und fuhr weiter.

Sie entzifferten das Wort *Desviación,* nahmen jedoch mit quietschenden Reifen und Bremsen die Umleitung zu schnell. Als sie sich einmal mehr wieder in Linie brachten, bemerkte der Konsul einen Mann, der anscheinend in festem Schlaf unter der Hecke am rechten Straßenrand lag.

Weder Hugh noch Yvonne schienen es bemerkt zu haben. Noch schien es dem Konsul wahrscheinlich, daß irgendwer in diesem Land etwas Außerordentliches daran finden könnte, sich diese sonnige Stelle am Straßenrand oder gar mitten auf der Straße zum Schlafen ausgesucht zu haben.

Der Konsul schaute noch einmal zurück. Kein Irrtum. Der Mann, der jetzt schnell immer kleiner wurde, lag mit dem Hut über den Augen da, seine Arme ausgestreckt zu einem Kreuz am Wegrand. Jetzt kamen sie an einem reiterlosen Pferd vorbei, das an der Hecke rupfte.

Der Konsul beugte sich vor, um etwas zu sagen, zögerte aber. Was, wenn es einfach eine Sinnestäuschung war? Das könnte sehr peinlich werden. Doch dann tippte er dem Fahrer auf die Schulter und sagte es ihm; fast im selben Augenblick blieb der Bus mit einem Satz stehen.

Mit einer Hand ruckartig lenkend, unter Verrenkungen halb von seinem Sitz erhoben, um mit schnellen, doch widerwilligen Bewegungen des Kopfes hinten und vorn die Ecken beobachten zu können, dirigierte der Fahrer das wimmernde Fahrzeug die staubige Umleitung zurück.

Der freundlich-aufdringliche Geruch der Auspuffgase wurde abgemildert durch den heißen Geruch des Teers von der Baustelle. Arbeiter waren allerdings nicht auf der Straße, sie hatten wohl schon Feierabend gemacht, und es war nichts zu sehen als die einsam flimmernde und schwitzende, weiche, indigofarbene Decke. Aber ein bißchen weiter weg, bei der Hecke, war ein steinernes Kreuz, und darunter lagen eine Milchflasche, ein Trichter, eine Socke und ein Stück von einem alten Koffer.

Jetzt konnten sie den Mann sehr gut liegen sehen, mit seinen Armen, die sich nach diesem Wegkreuz streckten.

II

Als der Bus mit einem weiteren Satz wieder zum Stehen kam, wäre der Pelado beinahe von der Bank zu Boden gerutscht, doch fing er sich gerade noch und kam nicht nur auf die Beine und fand sein Gleichgewicht, das er bemerkenswert wahrte, sondern gelangte mittels einer einzigen kräftigen Gegenbewegung bis halb zur Tür, das Kruzifix wieder sicher um seinen Hals, in der einen Hand die Hüte, die Melone in der anderen. Er nickte würdevoll mit dem Kopf, und mit einem Blick, der jeden Gedanken an Diebstahl schon im Keim erstickt hätte, legte er die Hüte sorgfältig auf einen leeren Sitz neben der

Tür; dann ließ er sich mit übertriebener Sorgfalt auf die Straße hinunter. Seine Augen waren noch halb geschlossen und hatten den glasig-toten Blick bewahrt, doch konnte kein Zweifel daran sein, daß er über die Situation völlig im Bilde war. Er warf die Melone weg und ging hinüber zu dem Mann auf der Straße. Obwohl er seine Schritte wie über imaginäre Hindernisse setzte, wich er nicht von seinem Kurs ab und hielt sich kerzengerade.

Yvonne, Hugh, der Konsul und zwei weitere Passagiere folgten ihm. Die alten Frauen rührten sich nicht von ihrem Sitz.

Die Straße halb überquert, schrie Yvonne nervös auf und machte abrupt auf dem Absatz kehrt. Hugh packte sie am Arm.

«Geht es dir nicht gut?»

«Doch», sagte sie und befreite sich. «Ich kann bloß kein Blut sehen, zu blöde.»

Sie kletterte wieder in den Camión, während Hugh mit dem Konsul und den beiden Männern weiterging.

Der Pelado stand leicht schwankend über dem ausgestreckten Mann.

Obwohl dessen Gesicht durch den Hut bedeckt war, konnte man sehen, daß er ein Indio aus der Schicht der Peonen war. Es schien keinen Zweifel darüber zu geben, daß er im Sterben lag. Seine Brust hob und senkte sich mühsam wie die eines erschöpften Schwimmers, sein Leib spannte und entkrampfte sich in schneller Folge, doch gab es kein Anzeichen von Blut. Eine zusammengeballte Faust schlug spastisch den Straßenstaub.

Die beiden Ausländer standen hilflos daneben, ein jeder darauf wartend, daß der andere den Hut des Peon aufhob und so die Wunde aufzeigte, die alle dort vermuteten; und jeden hielt eine allgemeine Scheu, eine unergründliche Höflichkeit davon ab. Denn jeder der beiden wußte, daß auch der andere es – selbstverständlich! – noch besser finden würde, wenn der Pelado oder einer der anderen Passagiere den Mann untersuchte. Als aber niemand sich rührte, wurde Hugh ungeduldig. Er trat von einem Fuß auf den andern. Er sah den Konsul flehend an. Der Konsul war lange genug hier, um zu wissen, was getan werden konnte; außerdem war er derjenige von ihnen, der am ehesten als Vertreter einer Behörde gelten konnte. Aber der Konsul, der sich zu sagen verkniff, «Mach schon, schließlich hat Spanien Mexiko zuerst überfallen», rührte sich ebenfalls nicht. Schließlich konnte es Hugh nicht länger aushalten. Er trat impulsiv vor, und, als er sich anschickte, sich über den Peon zu beugen, zupfte ihn einer der Fahrgäste am Ärmel.

«Mistärr, haben Sie geworfen Ihr Zigarette?»

«Was?» Hugh drehte sich verblüfft um.

«Ich weiß nicht», sagte der Konsul. «Waldbrände, wahrscheinlich.»

«Besser werfen Ihr Zigarette, Señor. Sie haben es verbotten.»

Hugh ließ seine Zigarette fallen und trat sie aus, verwirrt und irritiert. Er wollte sich wieder über den Mann beugen, als der Fahrgast ihn erneut am Ärmel zupfte. Hugh richtete sich auf.

«Sie haben es verbotten, Señor», sagte der andere höflich und klopfte sich dabei an die Nase. Er gab ein merkwürdiges kurzes Lachen von sich. *«Positivamente.»*

«I no comprendo, gnadige Señor.» Hugh versuchte verzweifelt so etwas wie Spanisch von sich zu geben.

«Er meint, du darfst diesen Knaben nicht berühren, weil du sonst noch zum Hehler wirst», nickte der Konsul, der zu schwitzen begann und sich sehnlichst wünschte, möglichst weit weg von dieser Szene zu gelangen, zur Not sogar auf dem Pferd des Indios, irgendwohin, wo riesige Mescalgurden kauerten. «Jeden sich selbst überlassen ist nicht nur die Losung, Hugh, es ist das Gesetz.»

Das Keuchen und Schlagen des Mannes klang wie das zurückflutende Meer auf einem steinigen Strand.

Dann ließ sich der Pelado auf die Knie nieder und riß den Hut vom Gesicht des Sterbenden.

Alle spähten hinüber und sahen die schrecklichen Wunde an der Schläfe mit dem fast geronnenen Blut, und bevor sie zurücktraten, bevor der Pelado den Hut wieder zurücklegte und, sich aufrichtend, eine hoffnungslose Gebärde mit Händen machte, an denen halbgetrocknetes Blut klebte, erblickten sie ein Häufchen Geld, vier oder fünf Silberpesos und eine Handvoll Centavos, das ordentlich unter den Kragen des Mannes geschoben und dadurch zum Teil verdeckt war.

«Aber wir können den armen Burschen nicht sterben lassen», sagte Hugh verzweifelt und sah dem Pelado nach, der zu dem Bus zurückging, und dann wieder hinunter zu diesem Leben, das fern von ihnen aushauchte. «Wir müssen einen Doktor holen.»

Der Pelado wiederholte, diesmal vom Camión aus, seine Gebärde der Hoffnungslosigkeit, die auch eine Gebärde des Mitgefühls sein konnte.

Der Konsul stellte erleichtert fest, daß ihre Gegenwart immerhin dazu geführt hatte, daß zwei bisher unbemerkte Bauern sich dem Sterbenden genähert hatten, während ein anderer Fahrgast sich ebenfalls neben dem Körper aufhielt.

«Pobrecito», sagte der eine.

«Chingarn», murmelte der andere.

Und die übrigen nahmen allmählich diese Bemerkungen

wie eine Art Refrain auf, ein leises Sieden der Nichtigkeit, des Flüsterns, in dem der Staub, die Hitze und der Bus mit seiner Ladung unbeweglicher alter Frauen und totgeweihten Federviehs und selbst die schreckliche Schönheit und Rätselhaftigkeit des Landes wie miteinander Verschworene anmuteten: während nur diese beiden Wörter, das zärtlich-mitleidige und das teuflisch-verächtliche, über dem dumpfen Rasseln und Keuchen zu hören waren, bis dann der Fahrer, als sei zu seiner Befriedigung nun alles so, wie es sein sollte, zu hupen begann.

Ein Fahrgast rief ihm zu aufzuhören, aber der Fahrer, der vielleicht dachte, die Ermahnung sei eine scherzhaft gemeinte Zustimmung, fuhr zu hupen fort, das Sieden immer wieder unterbrechend, das nun zur allgemeinen Debatte wurde, in der Verdächtigungen und Hypothesen sich gegenseitig aufhoben, begleitet von den verächtlich drängelnden Huptönen.

War es Mord? War es Raub? Oder beides? Der Peon war vom Markt mit mehr als diesen fünf Pesos losgeritten, vielleicht hatte er *mucho dinero* bei sich, so daß es kein schlechter Gedanke war, ein bißchen Geld zurückzulassen, damit der Verdacht des Diebstahls gar nicht aufkam. Vielleicht war es überhaupt kein Raubüberfall; war er nur vom Pferd geschleudert worden? Hatte ihn das Pferd abgeworfen? Womöglich. Unmöglich. Hatte denn niemand die Polizei gerufen? Einen Sanitätswagen – das Cruz Roja? Wo war das nächste Telefon? Einer von ihnen sollte jetzt die Polizei holen. Aber das war lächerlich, die Polizei war bestimmt schon unterwegs. Wie konnten sie unterwegs sein, wenn die Hälfte von ihnen streikte? Aber trotzdem, sie würden schon unterwegs sein. Ein Sanitätswagen? Aber von einem Gringo war es zudringlich, sich hier einzumischen. Das Rote Kreuz war sehr wohl selbst in der Lage, sich einer solchen Sache anzunehmen.

Aber war etwas Wahres an dem Gerücht, daß der Servicio de Ambulancia aufgehoben worden sei? Es war kein rotes, sondern ein grünes Kreuz, und sie kamen nur, wenn sie benachrichtigt wurden. Vielleicht war es unvorsichtig von einem Gringo, davon auszugehen, daß sie nicht benachrichtigt worden waren? Warum nicht einen persönlichen Freund, Dr. Vigil, anrufen? Er spielte gerade Tennis? Also das *Casino de la Selva* anrufen? Es gab dort kein Telefon; o doch, es hatte mal eines gegeben, aber das hatte sich aufgelöst. Holt einen anderen Doktor. Dr. Gomez. *Un hombre noble.* Zu weit weg, und wahrscheinlich war er sowieso außer Haus; nun, vielleicht war er wieder zurück.

Hugh und der Konsul wurden schließlich gewahr, daß sie in eine Sackgasse geraten waren, zu der das Hupen des Fahrers immer noch einen sehr adäquaten Kommentar abgab. Keiner von ihnen konnte, so wie es aussah, davon ausgehen, daß sich um das Schicksal des Peon nicht «einer seiner Art» in irgendeiner Weise kümmerte. Nun sah es ja gewiß nicht so aus, als ob «seine Art» ihm allzuviel Großmut entgegengebracht hätte! Im Gegenteil, wahrscheinlich war die gleiche Person, die ihn an den Straßenrand gelegt, die das Geld in den Kragen des Peon geschoben hatte, unterwegs, um Hilfe zu holen!

Diese Meinungen tauchten auf und löschten sich gegenseitig wieder aus, und, obwohl ihre Stimmen gedämpft blieben, obwohl Hugh und der Konsul nicht stritten, war es doch so, als würde der eine den anderen physisch niedermachen und ein jeder wieder auftauchen, erschöpfter als das vorige Mal, mit einem immer neuen praktischen oder psychischen Hindernis, eine Zusammenarbeit zu beginnen oder selbst alleine zu handeln, und das überzeugendste und ausschlaggebendste aller dieser Hindernisse war, daß es sie selbst überhaupt nichts anging, sondern jemand anders.

Und als sie sich umblickten, sahen sie, daß alle anderen genauso argumentierten. Es ist nicht meine Sache, noch deine, sagten sie kopfschüttelnd, sondern jemand anders müßte sich darum kümmern; und ihre Einwände wurden immer verwickelter, immer theoretischer, bis schließlich die Diskussion eine politische Wende nahm.

Dem Konsul schien sich die Zeit mit verschiedenen Geschwindigkeiten zu bewegen: die Geschwindigkeit, mit der der Peon starb, stand in sonderbarem Widerspruch zu der Geschwindigkeit, mit der ein jeder zu dem Schluß kam, daß es unmöglich war, sich zu entschließen.

Der Konsul wußte, daß die Diskussion von einem Abschluß noch meilenweit entfernt war und daß der Fahrer, der das Hupen aufgegeben hatte und mit einigen Frauen über seine Schulter hinweg plauderte, nicht losfahren würde, ohne zuvor ihr Fahrgeld zu kassieren. So entschuldigte er sich bei Hugh und ging zu dem Pferd des Indio mit dem Notsattel und den schweren eisernen Steigbügeln hinüber, das seelenruhig die *convolvuli* aus der Hecke rupfte und dabei so unschuldig aussah, wie nur ein Exemplar seiner Gattung aussehen kann, wenn es – selbst fälschlicherweise – verdächtigt wird, seinen Reiter abgeworfen oder ihn mit den Hufen zu Tode getrampelt zu haben. Er schaute es sorgfältig an, ohne es zu berühren. Er bemerkte die boshaften, freundlichen, einschmeichelnden Augen, die Wunde am Oberschenkel, die in seine Kruppe eingebrannte Nummer sieben, als könne er den Schlüssel zu dem finden, was geschehen war. Ja, was *war* geschehen? Parabel einer allzu späten Stunde! Wichtiger noch: Was wird geschehen – ihnen allen? Was ihm geschehen würde, waren siebenundfünfzig Drinks bei der erstbesten Gelegenheit.

Der Bus hupte nun, da zwei Wagen hinter ihm aufgehalten

wurden, mit großer Entschiedenheit; und der Konsul, der Hugh auf dem Trittbrett einer der beiden stehen sah, ging kopfschüttelnd zurück, als der Camión auf ihn zukam, um an einer breiteren Stelle der Straße zu halten. Die Wagen brausten mit wilder Ungeduld vorüber, und Hugh sprang von dem zweiten ab. Sie trugen unter der Nummer Blechschilder mit der Warnung *Diplomático*. Eine Staubwolke verschluckte sie.

«Ist Diplomatenart, kein Zweifel», sagte der Konsul, mit einem Fuß auf dem Trittbrett des Camión. «Komm, Hugh, nichts, was wir tun könnten.»

Die anderen Fahrgäste kletterten jetzt in den Bus, und der Konsul hatte sich zur Seite gedreht, um zu Hugh zu sprechen. Das Hupen kam nun in immer größeren zeitlichen Abständen. Eine gelangweilte, beinah belustigte Resignation schwang in dem Ton mit.

«Du wirst nur ins Gefängnis geschmissen und mit Behördenkram wer weiß wie lange Zeit belästigt», beharrte der Konsul. «Komm endlich, Hugh. Was stellst du dir vor, tun zu können?»

«Wenn ich keinen Doktor hierher bekomme, werde ich ihn verdammt noch mal zu einem hinbringen.»

«Sie werden dich nicht in den Bus lassen.»

«Den Teufel werden sie! Oh – da kommt die Polizei», fügte er hinzu, als drei lächelnde *vigilantes* in diesem Augenblick näherkamen; die Pistolenhalfter schlugen gegen ihre Schenkel, während sie durch den Staub heranstapften.

«Nein, sie sind es nicht», sagte der Konsul mit bedauernder Miene. «Zumindest gehören sie nur zur *policía de seguridad*, denke ich. Sie können auch nicht recht viel mehr tun, nur dir sagen, daß du abhauen sollst oder …»

Hugh fing mit ihnen einen Wortwechsel an, während der

Konsul ihn vom Trittbrett des Camión aus besorgt beobachtete. Der Fahrer hupte müde. Einer der Polizisten fing an, Hugh zu dem Bus hinzuschieben. Hugh stieß zurück. Der Polizist zog seine Hand zurück. Hugh hob seine Faust. Der Polizist ließ die Hand sinken und begann an seinem Pistolenhalfter zu fingern.

«Um Himmels willen, Hugh, laß es sein», bat der Konsul inständig und nahm ihn wieder beim Arm. «Willst du, daß wir alle im Gefängnis landen? Yvonne ...»

Der Polizist fummelte immer noch an seinem Halfter herum, als Hughs Gesicht plötzlich wie ein Häufchen Asche zusammenfiel. Er ließ seine Hände schlaff an seinen Seiten herunterfallen und stieg mit einem verächtlichen Lachen in den Bus, der sich schon in Bewegung gesetzt hatte.

«Mach dir nichts draus, Hugh», sagte der Konsul, der mit ihm auf dem Trittbrett stand und dem ein Schweißtropfen auf die Füße fiel, «es wäre schlimmer geworden als mit den Windmühlen.»

«Was für Windmühlen?» Hugh blickte verdutzt um sich.

«Nein, nein», sagte der Konsul. «Ich meinte etwas anderes, nur daß Don Quichotte nicht so lange gezögert hätte.»

Und er begann zu lachen.

Hugh stieß schwer atmend ein paar Flüche aus und schaute auf die Szene zurück, auf das Pferd des Peon, das an der Hecke rupfte, die in Staub gehüllte Polizei, in einiger Entfernung dahinter der Peon, der die Straße schlug, und jetzt, hoch über allem segelnd, was er zuvor gar nicht bemerkt hatte, die offenbar einer Karikatur entsprungenen Vögel, die *xopilotes*, die nur auf die Bestätigung des Todes warten.

III

Der Bus stürmte voran.

Yvonne fühlte sich schwach vor Scham und Erleichterung. Sie versuchte, Hughs Blick zu fangen. Er hatte sich jedoch mit solcher Wut in seinen Sitz hineingezwängt, daß sie nicht wagte, ihn anzusprechen oder auch nur ihn zu berühren.

Sie suchte eine Entschuldigung für ihr eigenes Verhalten bei dem stillschweigenden gemeinsamen Entschluß der alten Frauen, mit der ganzen Angelegenheit nichts zu tun zu haben. Mit welcher Solidarität hatten sie, die Gefahr witternd, ihre Geflügelkörbe an sich gedrückt oder sich wachsam nach ihren Besitztümern umgesehen! Dann hatten sie unbeweglich dagesessen wie jetzt. Es war, als seien für sie, die durch die verschiedenen Tragödien der mexikanischen Geschichte gegangen waren, Mitleid, der Impuls sich zu nähern, und Schrecken, der Impuls zu fliehen (wie sie auf der Schule gelernt hatte), schließlich durch Vorsicht ausgesöhnt worden, die Überzeugung, daß es besser sei, dort zu bleiben, wo man war.

Und die anderen Fahrgäste? Die Männer in den violetten Hemden, die sich alles sehr aufmerksam angesehen hatten, aber den Bus auch nicht verlassen hatten? Wer will schon als ein Mittäter verhaftet werden, schienen sie ihr zu sagen. *Frijoles* für alle; *Tierra, Libertad, Justicia y Ley.* Hatte das alles irgendeinen Sinn? *Quién sabe.* Sie waren sich keiner Sache sicher außer der, daß es töricht war, sich mit der Polizei einzulassen, die ihre eigenen Ansichten vom Gesetz hatte.

Yvonne klammerte sich an Hughs Arm, doch blickte er sie nicht an. Der Camión rollte und schwankte wie zuvor, andere Burschen waren hinten aufgesprungen; sie begannen zu pfeifen; die bunten Billets winkten mit den bunten Farben, und die Männer sahen einander mit einer Art Einverständnis darüber an, daß der Bus sich selbst übertraf, noch nie so schnell gefahren war, wahrscheinlich selbst wußte, daß heute ein Festtag war.

Staub sickerte durch die Scheiben, eine sanfte Invasion des Zerfalls, die sich im Wagen ausbreitete.

Dann waren sie in Chapultepec.

Der Fahrer ließ die kreischende Handbremse nicht los, während sie in die Stadt hinunterkurvten, die von dem Abscheu des Konsuls vor den Exzessen, die er früher hier begangen hatte, bereits erfüllt war. Popocatepetl kauerte über dem Dschungel, der den Abend gerade über seine Knie zog, und schien unfaßbar nah.

Für einen Augenblick herrschte eine Art Dämmerungsstille in dem Bus. Die Sterne waren jetzt erschienen: der Skorpion war aus seinem Loch gekrochen und wartete tief am Horizont.

Der Konsul beugte sich vor und stieß Hugh heimlich an: «Siehst du, was ich sehe?» fragte er ihn und machte mit dem Kopf eine Bewegung auf den Pelado zu, der die ganze Zeit kerzengerade dagesessen hatte und nervös an irgend etwas auf seinem Schoß herumfingerte. Sein Gesichtsausdruck war fast der gleiche wie zuvor, obwohl er offensichtlich eine Spur erfrischt und ernüchtert zu sein schien.

Als der Bus auf dem Platz hielt, sah der auf seine Füße geschleuderte Hugh, daß der Pelado in seiner Faust ein trauriges blutbeflecktes Häufchen von Silberpesos und Centavos hielt, das Geld des sterbenden Mannes ...

Die Fahrgäste begannen auszusteigen. Einige von ihnen blickten den Pelado an, ungläubig, aber immer noch in eigene Gedanken verloren. Er grinste sie an, fast als erwarte er eine Bemerkung. Aber es wurde keine Bemerkung gemacht.

Der Pelado bezahlte sein Fahrgeld mit einem Teil des blutbefleckten Gelds, und der Fahrer nahm es entgegen. Dann fuhr er fort, von den anderen das Fahrgeld zu kassieren.

Die drei standen nun in dem warmen Abend auf dem kleinen *zócalo*. Die alten Frauen waren verschwunden: es war, als hätte sie der Boden aufgesogen.

Von einer naheliegenden Straße kamen laute, krachende Gitarrenakkorde. Und aus größerer Entfernung die Knallerei und die Schreie der Fiesta.

Yvonne nahm Hughs Arm. Als sie losgingen, sahen sie den Fahrer, der offenbar Feierabend machte, und den Pelado, der beim Gehen die Füße mit einem einfältigen Lächeln des Triumphs hoch aufhob, in eine *pulquería* stolzieren. Die drei starrten ihnen nach und, nachdem sich die Pendeltüren der Kneipe geschlossen hatten, auf deren Namen: *Todos-Contentos-y-Yo-También.*

«Jedermann glücklich», sagte der Konsul, und die Gewißheit, zwischen jetzt und dem Ende seines Lebens eine Million Tequilas zu trinken, huschte wie ein Segen über ihn und enthob ihn für den Augenblick der Notwendigkeit, einen ersten zu bekommen, «und ich auch.»

Eine Glocke setzte irgendwo abrupte, wilde Dreilaute zusammen.

Sie nahmen den Weg zu der Fiesta. Ihre Schatten fielen quer über den Platz und richteten sich an der Tür des *Todos-Contentos-y-Yo-También* auf, unter der nun das untere Ende einer Krücke erschienen war.

Neugierig verweilten sie. Sie stellten fest, daß die Krücke für einige Zeit da blieb, wo sie war. Ihr Besitzer mußte einen Wortwechsel an der Tür führen oder vielleicht ein letztes Glas zu sich nehmen.

Jetzt verschwand die Krücke, als wäre sie hochgezogen

worden. Die Tür des *Todos-Contentos-y-Yo-También*, durch die sie jetzt den Busfahrer und den Pelado bei ihren Drinks sehen konnten, wurde aufgehalten; sie sahen etwas auftauchen.

Doppelt gebeugt und unter seiner Last stöhnend trug ein lahmer alter Indio auf dem Rücken, mit einem um seine Stirn geschlungenen Riemen, einen anderen armen Indio, noch älter und hinfälliger als er selbst. Er trug den Älteren und seine Krücken ... er trug ihrer beider Bürde ...

Sie standen alle in der Dunkelheit und sahen dem Indio nach, der mit seinen armseligen Sandalen durch den grauweißen Staub schlurfte und in einer Biegung der Straße mit dem alten Mann verschwand.

Kristbjorgs Geschichte: In den Schwarzen Hügeln

Der Deutsche lebte in den Schwarzen Hügeln, und er trank sich zu Tode. Offenbar wollte er etwas auslöschen. Man schrieb das Jahr 1906. Zu dieser Zeit gab es drei Kneipen in Deadwood: Das *Green Front*, das *Topic* und das von *Lent Morris*. Das *Green Front* war eine modische Spelunke, ein Tanzlokal, und es hatte, erinnere ich mich, einen ausgestopften Bison unter einem Glassturz. Das *Topic* war nicht so modisch, und *Lent Morris'* war ein kahles Lokal. Calamity Jane, eine große Frau mit Männergebaren, bevorzugte das *Topic*. Ich habe dort auch Buffalo Bill gesehen, aber sie riefen ihn anders. Der Deutsche bevorzugte dieses kahle Lokal.

In jenen Tagen waren die Bars vierundzwanzig Stunden am Tag geöffnet, und die Barmänner arbeiteten in drei Schichten, wie die Bergarbeiter.

Der Deutsche sah nicht wie eine Durchschnittsmensch aus, der aus einem Rattenloch kommt. Er war um die fünfunddreißig oder vielleicht vierzig, hatte einen blonden Schnurrbart, blaue Augen – deutsche Physis. Er leerte gewöhnlich eine Flasche Whisky in fünf Minuten, dann fiel er zu Boden. Manchmal schaffte er es bis zur Hälfte der zweiten Flasche, bevor er umkippte, und wenn er das neben einem tat und man ihn nicht kannte und es nicht erwartete, geriet man aus der Fassung.

Lent Morris war aber nicht aus der Fassung zu bringen. Freilich ließ er ihn nicht vor der Theke liegen; gewöhnlich schleiften sie ihn weg und stellten ihn gegen die Wand; oder er lag flach am Boden. Nach ein paar Stunden kam er wieder zu sich und tastete sich ab, und wenn er noch Geld hatte, fing er an, sich noch einmal vollaufen zu lassen, und dann kippte er wieder krachend um.

Er machte so weiter, bis er blank war, dann ging er einfach weg.

Niemand wußte seinen Namen oder woher er kam. Wenn er nach Haus ging, wußte niemand, zu welchem Zuhause er ging. Wenn er nicht in den Hügeln arbeitete, war sein einziges Zuhause die Bar, gelegentlich vielleicht eine Penne. Er sagte nie ein Wort zu irgendeinem, er trank nur. Wenn man ihn fragte, wie es ihm ging, konnte es sein, daß er gereizt «Ah» grunzte, das war alles. Er hatte ein ziemlich feierliches Gehabe, und er ließ sich unter keinen Umständen in eine Prügelei hineinziehen.

Dennoch störte er einen nicht. Er ging einen nie um Geld oder Drinks an. Er hielt auf Sauberkeit und gehörte nicht zu den Säufern, die mit zehn Dollar in eine Bar kommen und nach einer Stunde von jedem die Drinks schnorren. Der Deutsche war kein Schnorrer.

Die Löhne waren sehr niedrig, fünfundzwanzig Cents die Stunde – trotzdem litten die Leute in South Dakota keinen Hunger. Wenn man vorhatte, nach Butte oder Aladdin zu Fuß zu gehen, gab es mit Sicherheit jemanden, der einem sein Pferd anbot. «Aber ich komme nicht zurück.» – «Macht nichts, laß es dort. Irgendwann hol ich's mir.» Gott stehe dem aber bei, der log!

Der Deutsche war kein Schnorrer, er war ein Pennbruder. Tippelbruder ist eine feinere Art, es zu sagen. Er war kein Landstreicher; ein Landstreicher hat nichts bei sich und arbeitet nie. Dieser Deutsche hatte ein Bündel bei sich, und er arbeitete oben in den Schwarzen Hügeln, wo die Bleiminen waren.

In den Schwarzen Hügeln gab es eine Stadt, die nach dem Blei Lead benannt war. Vielleicht arbeitete er dort – er war ein großer stämmiger Mann –, bis es ihn packte und er zu *Lent's* runterkam und trank.

Mag sein, daß der Deutsche mitunter in Deadwood so etwas wie ein Zuhause neben der Bar hatte. Das wäre im Dschungel gewesen. Jede Stadt in den Schwarzen Hügeln hatte in jenen Tagen einen Dschungel. Es gab eine Stadt, die Cyanide hieß, mit einer Giftmühle, wo sie das Quecksilber zermalmten, und selbst die hatte einen Dschungel. Nemo hatte einen Dschungel. Es waren abseitsgelegene Plätze wie die städtische Müllhalde oder ein Gelände, wo ausgediente Güterwagen hingestellt wurden. Die Landstreicher und Tippelbrüder lebten in diesen Güterwagen, und wenn man sah, wie sie sie herrichteten, konnte man ins Staunen kommen. Einige hatten Löcher in die Seitenwände geschnitten und Glasscheiben aus dem Müll gelesen und Fenster gemacht. Sie hatten sogar Geranien, die in den Fenstern blühten. Und einige davon waren so sauber und gemütlich, wie man sich nur vorstellen kann. Es gab auch Frauen dort. Die Tippelbrüder lebten dort hauptsächlich im Winter. Wenn der Deutsche so ein Zuhause gehabt hatte, dann kann es nur im Winter gewesen sein.

Hätte er hungrig ausgesehen, hätte man ihm zu essen gegeben. Oder man hätte ihm, hätte er ein Bett gebraucht, eine Schlafstelle gegeben, wie primitiv auch immer. Mag sein, daß er manchmal den Leuten leid tat, wenn sie ihn zur Wand schleiften, den Trinkern aus dem Weg vielleicht, ich weiß nicht. Vielleicht nicht.

An diesem Tag, an dem der Deutsche hereinkam, war Sommer, und wir tranken alle bei *Lent Morris.* Er kam herein, und es dauerte nicht lange, da kippte er wie gewöhnlich um, und wir schleiften ihn hinüber und stellten ihn gegen die Wand. Einige von uns zogen zum *Green Front* weiter, und als wir zurückkamen, lehnte der Deutsche noch immer gegen die Wand.

«He», sagte ich zu Lent, «ist's nicht Zeit, daß er aufwacht und sich wieder vollaufen läßt?»

«Och», sagte Lent, «zum Teufel mit ihm.»

«Aber für gewöhnlich schläft er nicht länger als zwei Stunden.»

«Der Teufel soll ihn. Laß ihn liegen.»

«Was ist los mit ihm», sagte ich. «Es ist Zeit, daß er aufwacht und eine neue Runde kriegt.»

Also ging ich zu ihm rüber. Er lag da mit der Hand wie eine Schale um eine Wange. Ich schüttelte ihn, und er fiel vornüber. Und wo seine Hand gewesen war, war sein Gesicht schneeweiß, und der Rest des Gesichts war purpurn.

«He», sagte ich zu Lent, «er ist starr.»

«Och, er ist einfach voll. Laß ihn in Ruhe.»

«Gar nicht voll», sagte ich. «Er ist starr.»

Und er war so starr, wie es nur geht. Rijer Mortes hatte schon eingesetzt. Der Deutsche hatte sich zu Tode getrunken, direkt vor unseren Augen.

Ich kniete nieder und legte ihm die Hand unter die Jacke und fühlte nach seinem Herzen, aber es gab rein gar nichts zu fühlen. Also riefen wir einen Arzt, der auf der anderen Seite der Straße wohnte.

«Teufel auch», sagte er, «der Kerl ist seit zwei oder drei Stunden tot.»

Tja, das war genau ein Umkippen zuviel.

Aber niemand wußte, wer er war und was man mit ihm machen sollte. Er hatte keine Papiere bei sich. Niemand wußte, wo seine Leute waren. Niemand wußte irgendwas über ihn, außer daß er ein Deutscher war. Und er hatte seinen letzten Groschen ausgegeben.

Also legten wir ihn auf eine alte Tür von Lent, die im Erdgeschoß rausgefallen war, und wir brachten ihn in den Keller hinunter. Er lag auf dieser Tür über zwei Sägeböcken.

Am gleichen Nachmittag machten wir dann eine Sammlung. Hatte nicht viel mit einer Sammlung zu tun, ziemlich wenig: wir kriegten fünfunddreißig Dollar zusammen.

Wir kannten einen Schreiner, der sagte, er könne uns für fünfundzwanzig Dollar einen Kasten machen, der für den Zweck gut genug wäre, und einen anderen Burschen, der eine Art Handwagen und ein paar Pferde hatte und sagte, er könne ihn für zehn Dollar zum Stiefelanger hinaufkarren.

Ein Stiefelanger ist der hintere Teil eines Friedhofs, und sie nennen ihn Stiefelanger, weil sie dort die Kerle begraben, die mit ihren Stiefeln an den Füßen sterben, die gehängt oder erschossen werden. Jede Stadt hatte in jenen Tagen einen Stiefelanger. Cyanide, Nemo, sie alle hatten einen Stiefelanger.

Also brachten wir ihn am nächsten Tag, oder vielleicht war es zwei Tage später, hinauf zum Stiefelanger in Deadwood und gruben ihn ein. Wir konnten keinen Grabstein oder auch nur eine Gedenktafel aufstellen, aber sofern ihn nicht jemand von der Stelle bewegt hat, liegt er, denk ich, immer noch dort.

Und vielleicht war es doch ein glorreicher Tod. In jenen Tagen war es einem Mann möglich, irgendwohin zu entkommen.

Zum erzählerischen Werk von Malcolm Lowry

Nachbemerkung des Herausgebers

Clarence Malcolm Lowry hat Zeit seines Lebens an Erzählungen geschrieben. Sieht man von den sechs mit CAMEL (seinen Initialen mit zwei hinzugefügten Vokalen) signierten *‹short stories›* ab, die 1925 und 1926 in der Cambridger Schülerzeitschrift *The Leys Fortnightly* erschienen sind*, hat er zu Lebzeiten neun Erzählungen veröffentlicht, von denen drei (*‹Port Swettenham›*, 1930; *‹Punctum Indifferens Skibet Gaar Videre›*, 1931; *‹On Board the West Hardaway›*, 1932) vorweggenommene, später kaum mehr überarbeitete Versionen von Kapitel IV bzw. V des 1933 erschienenen Romans *‹Ultramarin›* sind. Zwei weitere (*‹Strange Comfort Afforded by the Profession›*, 1953; *‹The Bravest Boat›*, 1954) sind in dem insgesamt sieben Erzählungen umfassenden postumen Band *‹Hear Us O Lord From Heaven Thy Dwelling Place›* (1961; deutsch: *‹Hör uns, o Herr, der Du im Himmel wohnst›*, 1965)

* Auflistung bei J. H. Woolmer, A Bibliography, 1983; Abdruck von zwei Erzählungen in M. C. Bradbrook, «Malcolm Lowry – A Study in Transformation», Cambridge 1974.

aufgenommen worden, den Lowry noch weitgehend selbst vorbereitet hatte. Nach seinem Tod im Juli 1957 wurden die Novelle *‹Lunar Caustic›* (*‹Die letzte Adresse›*) 1963 in der *Paris Review* und aus seinem Nachlaß bis 1982 noch sieben Erzählungen veröffentlicht, von denen einige wiederum Vorstufen von Romanabschnitten (z. B. *‹The Element Follows you around, Sir›*, Kapitel 18 von *‹October Ferry to Gabriola›* [*‹Oktoberfähre nach Gabriola›*]; *‹Under the Volcano›* [*‹Unter dem Vulkan›*], Kapitel 8 des gleichnamigen Romans) sind, andere den unvollendeten Charakter von Entwürfen (*‹Ghostkeeper›*, 1979 in der *American Review*) aufweisen.

Der vorliegende Band verfolgt zwei Ziele: Er will Lowrys wichtige Novelle *‹Lunar Caustic›* in der bisher noch nicht publizierten Fassung von Susanna Rademacher* einschließlich des Vorworts, das Lowrys Freund Conrad Knickerbocker für die Erstveröffentlichung schrieb, zugänglich machen, und er will erstmals dem deutschen Leser die originären Erzählungen Lowrys erschließen, die in der Ausgabe des Gesamtwerks bisher noch nicht erschienen sind. Für entbehrlich wurde gehalten, im Rahmen einer Werkausgabe textnahe Vorstufen und Nebenprodukte der Romane – quasi nochmals – zu veröffentlichen. Einzige, aber gewichtige Ausnahme bildet die Erzählung *‹Unter dem Vulkan›*, die – 1936 geschrieben – den frühesten Nucleus des Lowryschen Hauptwerks darstellt und später zu dessen achtem Kapitel wurde. Bei der Übersetzung ist, soweit Erzählung und Romankapitel übereinstimmen, auf die von Karin Graf überarbeitete Version von Susanna Rademacher zurückgegriffen worden. Die Erzählung zeigt, stellvertretend für andere ‹Vorstufen-Erzäh-

* Bisher: *‹Die letzte Adresse›*, Deutsch von Martin Kluger, Suhrkamp, Frankfurt 1977.

lungen›, wie nah Lowry bereits in einer frühen Fassung seinem Gegenstand war, er trotz dieser Sicherheit aber sowohl dramaturgisch (Yvonne wird von der Tochter zur Ehefrau des Konsuls; Hugh vom Ehemann Yvonnes zu dessen Halbbruder) wie literarisch (Einarbeitung späterer mexikanischer Beobachtungen, Barockisierung des Textes bei zugleich präziserem handwerklichen Können in der endgültigen Romanfassung) noch erhebliche Veränderungen vorgenommen hat.

Die hier aufgenommenen frühen Erzählungen *‹Hotelzimmer in Chartres›* (1934 veröffentlicht), *‹China›* (aus dem Nachlaß, 1974) und *‹Der 30. Juni 1934›* (aus dem Nachlaß, 1975) belegen die lebenslange Obsession Lowrys mit den Themen von Meer, Seefahrt und Reise. Das stark autobiographische *‹Hotelzimmer in Chartres›* hat den Bruch zwischen Lowry und seiner ersten Frau Jan Gabrial, die ihn 1934, wenige Wochen nach der Hochzeit, in Chartres zurückläßt und via Le Havre nach Amerika zurückreist, zum Hintergrund. Das Thema der bedrohten Liebenden, denen die oft geringfügige Geste der Versöhnung verwehrt bleibt, findet in *‹Unter dem Vulkan›*, aber auch in den beiden postumen Romanen vielfache Entsprechungen. *‹Kristbjorgs Geschichte›* (aus dem Nachlaß, 1974) kann als Epitaph eines Trinkers über einen Artverwandten gelesen werden. Es ist, nach Auskunft von Margerie Lowry, die letzte Geschichte, die Lowry vor seinem Tod fertiggestellt hat.

J. S.

Inhalt

Dieser Band stellt neben der Novelle «Die letzte Adresse» erstmals in deutscher Sprache die wichtigsten Erzählungen aus dem Nachlaß vor. Sie entfalten noch einmal die Welt Lowrys, mit den privaten Katastrophen und Halluzinationen und dem verzweifelten Verlangen nach einem unwahrscheinlichen Heil.

Die frühen Erzählungen «Hotelzimmer in Chartres», «Der 30. Juni 1934» und «China» belegen die lebenslange Obsession Lowrys von den Themen Meer, Seefahrt und Reise. In «Hotelzimmer in Chartres» scheitert die rituelle Rückkehr der Ehepartner an den Ort ihrer alten Liebe. In kaum verhüllter Form schildert Lowry hier die stürmische Beziehung zu seiner Frau Jan Gabrial. Am «30. Juni 1934» reisen zwei Engländer im Zug und per Schiff in ihre Heimat zurück. Das harmlos begonnene Gespräch, das triviale Muster der Reise verändern die beiden Reisenden, die von Selbstzweifeln, Melancholie und der Ahnung eines neuen bevorstehenden Chaos befallen sind. «China» ist für den monologisierenden Seemann in der gleichnamigen Novelle die Chiffre für seine Sehnsucht; aber das Erwartete entzieht sich immer; es zählt nur das Hier und Jetzt und die eigene Person. Ein Licht auf die erste Ehe Lowrys wirft auch die Erzählung «Unter dem Vulkan», die 1936 verfaßt wurde. Sie wurde in diesen Band aufgenommen, weil sie den frühesten Ausgangspunkt für den berühmten Roman darstellt.

«Kristbjorgs Geschichte» kann als Epitaph eines Trinkers über einen Artverwandten gelesen werden. Es ist, nach Auskunft von Margerie Lowry, die letzte Geschichte, die Lowry vor seinem Tod fertiggestellt hat.

Hintergrund der Novelle «Die letzte Adresse» bildet eine Entziehungskur, der sich Lowry 1934 unterzog. Nirgends sonst hat Lowry auf eine so ätzende und tragikomische Weise die zugleich verschlossene und hellsichtige Welt der Berauschten Welt geschildert. Zu Recht wird diese Novelle neben «Unter dem Vulkan» für seine wichtigste Arbeit gehalten. In der «Trunkenen Göttlichen Komödie», die zu schreiben sich Lowry ein Leben lang mühte, sollte sie das Purgatorium, das Fegefeuer sein.

Der vorliegende Band beschließt die Ausgabe des Gesamtwerks Malcolm Lowrys in Einzelausgaben.

Malcolm Lowry
Gesamtwerk in Einzelausgaben

Herausgegeben von Joachim Sartorius

Hör uns, o Herr,
der Du im Himmel wohnst
Erzählungen
Deutsch von Susanna Rademacher
das neue buch 121

Oktoberfähre nach Gabriola
Roman
Deutsch von Susanna Rademacher
das neue buch 157

Ultramarin
Roman
Deutsch von Werner Schmitz
das neue buch 167

Fünfunddreißig Mescals in Cuautla
Gedichte
Deutsch von Joachim Sartorius
das neue buch 172

Rowohlt

Malcolm Lowry
Gesamtwerk in Einzelausgaben

Herausgegeben von Joachim Sartorius

Unter dem Vulkan
Deutsch von Susanna Rademacher,
durchgesehen von Karin Graf
448 Seiten. Geb.

Briefe
Deutsch von Werner Schmitz
das neue buch 175

Dunkel wie die Gruft,
in der mein Freund begraben liegt
Roman
Deutsch von Werner Schmitz
das neue buch 178

Spinette der Finsternis
Über Malcolm Lowry
Materialienband
das neue buch 177